Coverillustration
Noboru Takatsuki

同棲はじめました。

～子育て運命共同体～

森本あき
Aki Morimoto

この物語はフィクションであり、実在の人物・
団体・事件等とは、いっさい関係ありません。

Contents

イラスト・タカツキノボル

同棲はじめました。

～子育て運命共同体～

一人じゃない。
それは、こんなにも心強いことなんだ。

1

小田楓月は公園のベンチに座って、ぼんやりと砂場を眺めていた。楽しそうに遊んでいる樹を、かわいい、と心の底から思う。それと同時に、疲れた、とも。

樹はまだ二歳半で、大学に入るまで、順調にいったとしてもあと十五年以上ある。その間、自分一人で育てられるだろうか。

「いやいや」

楓月は首を振った。

そんなことを考えてはいけない。

わたしに何かあったら樹のことをお願いね。

姉の花音は、ことあるごとにそう言っていた。いまのこの状況を予想していたわけではないだろうけれど、楓月は、うん、任せて、といつも答えていた。

その気持ちに嘘はない。花音に何かがあったら自分が樹を引き取る。

それは花音との約束。

生きているのが当然じゃない。ある日突然、命が失われることがある。

それを、楓月も花音もよく知っている。だから、花音は本気で頼んでいたし、楓月も本気でうなずいた。

楓月たちの両親も、突然いなくなってしまった。まさか、そんなことが自分の身に起こるなんて想像もしていなかった。

両親が亡くなったのは、いつもとおんなじ日だった。朝、眠いよ…、と言いながら起きて、ごはんを食べて、いってきます、とあいさつをして、中学校で最後まで授業を受けて、家に帰って、ただいま、と元気に言った。

周りはみんな反抗期まっただ中で、親なんてうぜーよ、とか言っていたけれど、楓月はまったくそんなことはなくて家族が大好きだった。

両親は自営業をやっていて、不況だと言われていたころもめずらしいぐらい順調だった。ものすごく忙しくもなく、とんでもなく暇でもなく、毎日、みんなでごはんを食べるぐらいの余裕はあった。

朝食はばらばらだけど、夕食は全員で。

それは小田家の決まりごと。花音が大学生になって、全員で夕食を食べるのは週に半分ぐらいになったけど、花音も大人になったんだなあ、と父親は嬉しそうに言ってたし、大学生になってもずっと家で食べるのも心配だもんね、と母親も笑っていた。

楓月が大学生になったら、夫婦二人で食べることが増えるのかしら。

そうやって将来のことをよく口にしていた。

そんな日は来なかった。

あの日、家にいたのはだれだっただろう。近所の人だっただろうか。それとも、花音だっただろうか。

覚えていない。その瞬間の記憶はまったくない。

忘れたいから忘れたんだよ、とお医者さんが言っていた。だから、これからも思い出さないんだと思う。

仕入れに向かっていた両親が事故にあって、二人とも亡くなった。学校に連絡は来なくて、その事故は夕方だったこと。

そういうことは、あとから聞いた。

そのとき以来、ただいま、を大声で言えなくなった。何か悪いことが起きるような気がして。だけど、あいさつはちゃんとしたくて。

小声で、ただいま、とささやくように言っている。

花音は、ちゃんとあいさつしなさいよ、なんて言わなかった。たぶん、花音はわかっていたのだ。だから、楓月のかわりのように、明るく元気に、おかえり、と言ってくれていた。

すべて忘れたはずなのに、あの日の自分の、ただいま、だけは耳に残っている。いまも、それは消えていない。

小田家はね、どうしてか短命の人が多いの。たまに、ものすごく長生きする人もいるけどね。

私はお嫁にきただけだから、お父さんが先に死んでも長生きするわ。

母親はいつか、そんなことを言っていた。

父親の両親は父親が若いころに亡くなったらしい。祖父母はそもそも親戚づきあいをしていなかったようで、親戚のところに遊びに行ったり、だれかが遊びに来たり、といった記憶がない。父親は一人っ子だから、楓月にとっておじやおば、いとこにあたる存在もいない。祖父母の家を相続してそこに住んでいたのに、だれも訪れてこなかった。

その理由はよくわからない。

母親の両親は健在だけれど、結婚するときにごちゃごちゃしたとのことで、いまはまったく交流がない。血が繋がっていてもいったん揉めるともとに戻らないのよ、と、母親は昔、あきらめに似た口調で教えてくれた。

お葬式のとき、母方の親戚には連絡をしたんだろうか。そして、来てくれたんだろうか。

そこもまったく覚えてない。

ただ、お葬式のあとはまったく会ってない。連絡もこない。それほどまでに深い断絶があるんだな、と、まるで他人事のように思う。生まれてから一度も会っていないから、悲しいな、とか、寂しいな、とかいう感情もない。

四人だけの家族だったんだと思う。

ほかにだれもいなくて、ただ四人。

お葬式やそれに伴ういろいろなことが終わって、これからどうするんだろう、という不安はあった。楓月は中学生で花音は大学生。花音の年齢なら、楓月の保護者として姉弟二人で暮らしてもなんの問題もない。

そうだったらいい、と願った。

四人だった家族が二人になるだけ。ほかの人なんていらない。

どういう話し合いが行われたかわからないけれど、楓月の望みどおり、花音と二人で暮らすことになった。持ち家だったのもよかったのかもしれない。

花音と楓月はこれまでとおなじように暮らし始めた。

大学を辞めたら就職するときに困る、と花音は大学に通いつづけた。まだ十九歳で、両親が亡くなって不安だっただろうに、泣き顔も見せずに気丈にふるまっていた。楓月の学校関係のことも、全部、花音が面倒を見てくれた。

わたしがいるから大丈夫。

いつも笑ってくれていた。

父親は、自分の親が亡くなったときに貯金と保険でいろいろ助かったから、と金銭面のことはものすごくしっかりしていた。きちんと貯金をして、だからといって、ものすごく節約をするということもなく、たまに外食をしたり旅行を楽しんだりする、ごく普通の生活を送っていた。

おかげで両親が亡くなっても、お金の心配はしなくてよかった。もともと貯金はかなりあったし、事故だったため保険金も結構な額が入ってきた。生活費はもちろんのこと、二人が大学を卒業するまでの学費も十分にあった。

両親が亡くなってしばらくたつと、花音は楓月に家の経済状況を教えてくれた。

二人で生きていくんだから、お金のこともちゃんと分かち合おうね。

そう言って、貯金通帳を見せてくれて、毎月の生活費、花音や楓月の学費、その他、お金に関するすべてを隠さずに見せてくれた。

花音は勉強に影響が出ない程度にバイトをして、楓月も大学生になってからそれに倣（なら）った。高校までは勉強を第一にしなさい、それが役目です、とまるで母親のように言う花音に、楓月はおとなしく従った。

お金は二人で暮らしていくには十分なほどある。だったら、きちんと勉強して、いい大学に入って、いい会社に勤めよう。両親のように自営業でやっていく才覚はないから、絶対につぶれなさそうな優良企業に入れるようにがんばらないと。

両親が亡くなったときに会社は畳んだ。そういうのも、すべて花音がやってくれた。それにかかった費用も教えてくれて、会社を作ったり畳んだりするのって結構大変なんだな、と思った。

そういうことも含めて、自分に自営業は向いてない。だから、会社に勤めよう。

そうやって冷静に考えられたのも、花音がお金について包み隠さず教えてくれていたからだ。お金があると安心感がある。ある程度の貯金があれば、ものすごく贅沢はできないにしても、なんの不自由のない生活が送れる。

もし、両親がお金をまったく残さずに亡くなってしまっていたら、花音は大学を中退しなければならず、楓月も高校へ行けたかどうかわからない。

恵まれた境遇に感謝して、ちゃんと働いて、大学を卒業したら自分の給料だけで生活をしなければ。

先に社会に出た花音もまた、両親とおなじようにしっかりと貯金をしていた。一流企業に入って、ボーナスは全額、毎月の給料の中からもかなりの額を貯金に回して、なるべく贅沢をせず、でも、適度に息抜きをしていた。

花音は生命保険はものすごくいいものを選んでいた。月々の金額はなかなかのものだけれど、掛け捨てじゃないし、何もなければある程度は戻ってくるから、と。

何か予感があったのかな。小田家は短命だって信じていたのかな。

もっと楽しく贅沢に生きてもよかったのに。両親の保険金はかなりの額だったんだから。

両親の保険金は、楓月が大学を卒業すると同時に二人で半分こした。

保険金はなるべく老後の資金として取っておきなさいよ。貯金があるってね、すごい安心するわよ。

そんなアドバイスもくれた。花音が何もかも教えてくれた。

花音の助言に従って、両親が遺してくれた保険金に手をつけてはいない。そのお金があることで、精神が安定している。

花音本人も両親の保険には手をつけなかった。途中からは、遺せるものがないとね、と自分の生命保険をもっと高額にした。

そして、なんの因果か、花音まで事故で亡くなった。

その日のことはよく覚えている。

就職してまだ半年が過ぎたぐらいで右も左もわからない中、無我夢中でがんばっていた。携帯に電話がかかってきたことを、バイブの振動で知った。就業中に電話がかかってくることなんていままでなかったから、びっくりした。

知らない番号から何度もしつこくかかってくる電話に、これはもしかしたら何か起こったのかも、といやな予感がして留守電を聞いた。

『お姉さまが事故でこちらの病院に運び込まれました。すぐに来てください』

頭が真っ白になった。だけど、どうにか課長のところに行って、姉が事故にあったみたいで早退させてください、と頼んだ。

課長は、楓月の家族が姉だけだと知っていたから、早く行け！　と背中を押してくれた。

病院に着いたとき、花音はもう息をしていなかった。

花音の亡骸を、まるで現実じゃないかのように呆然と見つめるしかなかった。

ベッドの横には、まだ二歳だった樹がいた。

あれは楓月が大学二年生のとき。ねえねえ、わたし、宝物ができちゃった、と花音が嬉しそうに言った。恋人かな、と思った。花音はとてもかわいらしい人で、もてるだろうな、と思っていたし、紹介されたことはないけど彼氏はいつでもいるような感じだった。それまでの彼氏とはちがう特別な人ができたのだ、と思った。

でも、ちがった。

「子供ができたの」

その言葉に楓月は一瞬、何を言われたのか理解ができなかった。

ああ、子供ね。ってことは、結婚するんだ。

「おめでとう。式はいつ？」

そうか、花音はこの家を出ていくんだ。寂しくなるな。

そんなことを思いながら問いかけた。

「結婚はしない。でも、子供は産むの。一人で育てるのよ」

花音はとても幸せそうな表情で、きっぱりと言った。

「お金がかかるんだよ？」

思わず、そう言った。言いたいことはそうじゃなかったし、ただ混乱しただけ。お金なんてどうでもいい。

結婚せずに子供を産む。

そんな大変な選択をどうしてしたのかの方が知りたかった。

「そうね。いろいろ計算したら、たくさんお金がかかるわ。でも、わたしは仕事を辞めないし、これまでの貯金もあるし、どうしてもってなったら親の保険金もある。すべてを考えて決めたの。わたしは子供を産む。楓月に迷惑だったら、この家を出ていくよ。子供って本当に手がかかるし、どうしても楓月にも手伝ってもらうことになっちゃうから。楓月はわたしに遠慮しないで、ちゃんと言ってね。これはわたしのわがままだから、楓月は自分の生活をきちんと守ってほしい。わたしとわたしの子供に振り回されないで」

そう告げた花音は、とてもとてもきれいだった。

ああ、もう決めたんだ。

それがわかった。

だったら、楓月が言うことなんてただひとつ。

「一緒に暮らしてほしい。そのうち、ぼくだって子供を持つんだろうし、予行演習になるよね」

花音はものすごく嬉しそうに笑った。

ありがとう、と微笑んだその笑顔は、たぶん一生忘れない。

楓月に認められたことが一番嬉しかった。

のちのち、そんなことを言っていた。

「普通は反対すると思うの。子供の父親を楓月は知らないし、結婚するわけでもなくて最初からシングルマザー。心配しなかったわけじゃないと思う。でも楓月は、お金がかかるよ、以外はまったく何も言わず、わたしを責めもせず、ずっと寄りそってくれていた。ありがとう。本当に感謝してる」

真剣な表情でそう言われた、あれはいつのことだっただろう。

ものすごく、いやな予感がした。まるで、お別れのあいさつのように聞こえた。

しばらくして、無事に男の子が産まれた。樹と名づけられたその子と三人の生活が始まって、本当に慌ただしくなった。

子供を育てるってこんなに大変なんだ、と思いつつも、楓月はその生活を楽しんでいた。

大学四年のとき、樹はロンドンに短期留学をした。短期といっても半年ぐらい。内定をもらって、その仕事関連でロンドンのとある大学で学びたいことがあったのだ。ちょうど授業は九月から始まるから、担当教授に相談して、卒論は前倒しで提出した。卒業試験は幸いなことにどの科目もなかったので、レポートをこれも前倒しで出した。

心配なのは花音と樹のこと。だけど、留学のチャンスはそのときしかなくて、自分のためになることは積極的に時間もお金も使いなさい、という信条の花音は快く送り出してくれた。

その当時、樹は一歳を過ぎたぐらい。かわいくてかわいくてしょうがなかった。

花音はすでに会社に復帰していた。一流企業なので福利厚生はしっかりしていてもっと長く休むこともできたけれど、仕事をしてないと頭がおかしくなりそう！　と樹を保育園に預けて、仕事を再開することに決めた。

花音が樹を迎えに行けないときは、楓月がかわりに行っていた。二年生までに必要な単位はほとんど取っていて、三年生、四年生とゼミと必須科目だけだったので、時間に余裕があったのも幸いした。

すごく充実した時間だった。

楓月が留学すると、花音は困るんじゃないか。残業して迎えに行けないときとかどうするんだろう。

それが一番の心配ごとだったけど、花音はあっけらかんと言い放った。

あなたの人生はあなたのもので、わたしのために生きる必要はないの。わたしはわたしの人生を好きなように生きてるんだから、困ったときは自分でどうにかするわ。いい？　自分の好きなことをしなさい。

そう背中を押されて、楓月はロンドンの大学に短期留学して、たくさんのことを学んだ。

ロンドンから帰った楓月を花音と樹は元気に迎えてくれた。樹は見事に楓月のことを忘れていた。がっかりしたけど、当たり前か、とも思った。

樹は少し言葉をしゃべるようになっていた。歩くこともできた。

子供の半年ってすごく長いんだな、と感動した。

しばらく人見知りしていた樹は、また楓月に慣れてくれた。

就職したら、樹と過ごす時間が減ってしまう。その前に、甥っこをかわいがりたおしておきたくて保育園にも預けず、ずっと楓月がめんどうを見ていた。

就職したあとは、とにかく必死だった。最初のうちは残業もなかったけれど、そのうち、残業が当たり前になった。

せっかくいい会社に就職できたんだから、会社に有益な人材だと思われたい。だから、がんばった。

週末は花音と樹と三人で楽しく過ごす。

それがストレス解消の役目を果たしてくれていたんだと思う。

これからもこんな楽しい生活がつづいていくのだろう。

そうやって安心した矢先だった。

神様は意地悪だなあ、とつくづく思う。

楓月がようやく安心したころに最悪なことを起こす。

病院で花音を見つめながら、嘘だよね、と何度も思った。

起き上がって、びっくりした？　って、いつものように笑ってくれるんだよね。

樹が楓月の方にやってきて、ぎゅっとしがみついた。あたたかいその体温は、きちんと樹がいてくれることを教えてくれる。

「樹、ママに会おうか」

きっと、樹を連れていけば目を開けてくれる。微動だにせず眠っているふりをしなくてもすむ。

樹を抱えあげて、花音に近づいた。

「花音?」

お姉ちゃん、じゃなくて、ずっと名前で呼んでいた。その名前がとてもきれいだと思っていたから。

そっと頬を触ると、まだあたたかい。

ほらね、生きてるんだ。死んでない。

「花音、起きて。ほら、樹がびっくりするから。花音ってば。花音! 起きなよ! 花音! 花音、花音、花音…」

楓月の目から涙がつぎつぎとこぼれた。

どういう事故なのか、詳しいことは聞いていない。ただ、顔はきれいなままで、まるで生きているみたい。

だから、現実感がない。

「ママは寝てるの?」

樹がにこっと笑った。

ああ、そうか、この子はまだわからないんだ。死という概念を知らないんだ。

この子を絶対に守る。

何があっても樹を守り抜く。

無邪気な表情を浮かべている樹を見て、そう心に誓った。

「うん、ママはね、しばらく眠ってるから起こさないであげよう？」

「しばらく？」

「そうだね。何ヶ月かはぼくと二人暮らしになるけど平気？」

「かじゅきのことは好きだから平気！」

「そうか、よかった」

楓月は樹をぎゅっと抱きしめて、また涙をこぼす。

一人じゃない。

樹がいる。

花音が遺してくれた宝物を守り抜かなきゃいけない。

花音はとても準備のいい人だった。親が死亡した場合の未成年後見人という制度を、遺言で楓月にしてくれていた。

樹は花音の息子のまま、楓月が育てることができる。養子縁組をしなくてもいい。

それが嬉しかった。

わたしの宝物、とずっと言っていた樹を、花音の息子のままにしておきたかった。

これまで三人で暮らしていたのが二人になるだけ。

だから、大丈夫。

なるべく、花音のお金には手をつけたくない。できるなら、貯金や保険金をそのまま樹に渡してやりたい。

さすがに保育園代とかは花音のお金から出すけれど、生活費とかそういった細かいものは楓月が面倒を見たかった。


　樹と二人分の生活費ぐらい余裕で出せる。

お金の問題さえ解決できればいいと思っていた。でも、そんなことはなかった。

残業していたら保育園のお迎えに間に合わない。

それに気づいたのは、忌引きが終わって会社に行ったとき。忌引きだけじゃ足りなくて、有給も使った。事情が事情だから、と使わせてもらったのだ。


　その期間、樹と二人でたくさんの時間を過ごした。それが自分たちには必要だと思ったから、有給がなくなったことも気にならなかった。

　朝早く起きるのは苦じゃないから樹にごはんを食べさせて保育園に預けて、会社に着いてから気づいた。

これ、いつもどおりに残業してたら迎えに行けないよね。

そのときも課長に相談した。課長はお悔やみを述べたあとで、しばらくは残業しなくていい、と許可をくれた。

ものすごくありがたかったけど、新入社員の楓月が最初に帰るのはやっぱり気が引けた。

それでも、子供がいるといろいろ起こるのだ。

そのたびに保育園から呼び出しがあって、迎えに行かなければならなくなった。

三ヶ月もたたないうちに、課長から呼び出された。

「きみの事情は理解している。そんな中、こういうことを言うのは大変に申し訳ないが、このままの状況がつづくようなら仕事のことを考えてほしい」

子供がいる、という理由でクビにはできない。

仕事を辞めてほしい、と言うかわりに、考えてほしい。

暗に、自分からやめてほしい、ということだ。

冗談じゃない。ここまでがんばってやってきたのに。

でも、樹はこれからも熱を出す。つまり、辞めるしかない。

仕事がようやくおもしろくなり出したのに。がんばってるな、と周りの人たちも協力してくれているのに。

樹を迎えに行きながら、ぼんやりと考えていた。

ここはきっぱり辞めた方がいいんだろうか。樹が小学校に入るぐらいまでは仕事をせずに樹の世話をする？

でも、好きで入った会社で、仕事も好きで、環境もいい。

これ以上のところが見つかるとも思えない。

保育園に着いたら、ごめんなさい、お熱なかったんです、慌てて電話したんですけど出られなくて、と言われた。考え込んでいたから、スマホが振動しているのも気づかなかったらしい。

樹は楓月を見かけて、きゃー！　と笑いながら走ってきた。

「今日は早いんだね！」

保育園に行っているからか、もう完全に意思疎通ができるほどしゃべれる。上は六歳までいる環境でたくさんの人に囲まれているからか、あっという間に言葉が達者になった。二歳半ばにしてはかなり早い成長だという。

「そう、今日は早いんだよ。公園でも行こうか？」

「うん！　ぼくねー、砂で遊ぶ！」

「そっか。砂で遊ぶの楽しいよね」

恐縮する保育士さんに、大丈夫ですよ、と笑顔で告げて、樹の手を引いて、とぼとぼと家の近くの公園に行った。そこはたくさんの人でにぎわっている。

そろそろ春になる。気温も高くなってきている。ちょうどいい季節だ。

樹に、遊んでおいで、と声をかけて、楓月はベンチに座る。

これからどうすればいいのか、本当にわからなかった。


「おっきくなったな」

ふいに、そう声をかけられて、楓月は反射的に笑顔を作った。

昔の知り合いだろうか。ここにはずっと住んでいるから、仲のいい友人も顔見知りも多い。

楓月が樹を引き取ったことを知って、協力してくれる友人もたくさんいる。

でも、その声に聞き覚えはない。

隣に座られて、楓月はそっちを見た。

うわ、かっこいい…！

それが第一印象。

まるで日本人じゃないみたいな顔立ち。髪は茶色で、それをゆるく後ろに流している。すごくよく似合ってる。

顔の彫がものすごく深い。横顔だから、鼻筋が通っているのがまず目に飛び込んでくる。鼻も高い。目は二重で切れ長な感じ。二重もそんなに厚くなくすっきりしている。唇も結構厚め。全体的に濃い顔だ。

海外の血が入ってそうな感じ。

いいな、こんな顔。

楓月はしゅっとした顔立ちではあるけれど、とにかく童顔。顔が丸くないのに童顔ってすごくないか？　と、よく友達に言われていた目がくりん、としていて、顔の半分ぐらいあるんじゃね？　と言われるぐらい大きいからだろうか。顔が小さい分、目の大きさが目立つ。厚めの二重なのも大きいのかもしれない。団子鼻っぽいのも原因のひとつだろう。唇が小さめなのもアンバランスだ。その全部がある程度うまい位置についていてくれて、それなりに見られる顔にはなっている。ただし、中性的な、という形容はかならずつく。花音と並んで歩いていたら、美人姉妹ですね、と言われることも多かった。体型も細いからだろう。背はそこそこあるというのに。

「うん、すごくおっきくなった。子供の一年って長いんだな」

ん？　どうやら、楓月の知り合いではないらしい。それもそうか。こんなかっこいい人なら、たぶん覚えてる。

「樹のこと、知ってらっしゃるんですか？」

「あれ、俺のこと聞いてない？」

男が楓月をじっと見つめた。

どくん。

楓月の心臓が高鳴る。同性でもこんなかっこいい人に見つめられたらドキドキするんだな、と妙に冷静に考えてしまう。

「あ、竜（りゅう）ちゃんだー！」

樹がすごい勢いで走ってきた。そのまま、男の膝にすごい勢いで飛びつく。

「樹！」

あまりにも勢いがよすぎて、男の膝は痛かったにちがいない。楓月が樹を叱（しか）ろうとすると、男は笑って、いいよ、大丈夫、と言ってくれた。

よかった、怒られなくて。今日はちょっと気分が落ちているので、これ以上はちょっとしんどい。

もちろん、樹が悪いんだから、一応、釘は刺しておく。

「樹、そんなに、ドン！　ってやったら、お兄ちゃんが痛いよ。だめだからね」

「はーい」

樹はにこにこしながらうなずいた。

「わかった？」

「うん！　竜ちゃんが痛いから、あんまりドンってやらない、ってことだよね？」

「そう。よくできました」

樹は説明すると、きちんとわかってくれる。わからないときは何度でも方法を変えて説明すればいい。

叱るのは必要だけど、怒鳴らない。それは子供を怖がらせるだけ。

「竜ちゃん、ごめんね。痛かったね！」

元気に謝る樹に、楓月ははっとなった。謝ったらほめないと。

「すみません、痛かったですよね。樹は本当に元気なんです。ぼくの不注意でした。近寄ってくるのに気づかなくて。樹、謝ったのえらいよ」

髪を撫でると、樹は嬉しそうに笑う。

「ぼく、えらい？」

「えらい。きちんと、ごめんなさい、したのはえらいよ。あとは、えーっと…」

ずっと竜ちゃんと呼んでるけど、だれなんだろう。

「星野竜太(ほしのりゅうた)です。花音とは親しい関係で」

「あ、そうなんですか」

花音から名前を聞いたことがない。でも、花音は自分の友達を紹介するような人でもなかった。楓月も特に花音に友達を紹介しなかった。

暗黙の了解のように、おたがいに家に友達を呼ばなかった。

「竜ちゃんはねー、楓月がいない間、一緒に住んでたの！」

「え！」

そんな人がいるなんて、まったく知らなかった。

「わたし一人じゃ無理！　って頼まれたんだ。ちょうど、その時期は体が空いてたから住み込みでベビーシッターみたいなことしてた」

「え！」

ますます驚いてしまう。花音があの家に住まわせるなんて…、あ、もしかして！

この人が父親だったりしないんだろうか。そうじゃなければ、花音が樹を任せるなんてありえない。

でも、それを樹がいる前では聞けない。

樹は、まだ花音が亡くなったことも理解していない。

ママ、まだ帰ってこないねえ、と無邪気な顔で言われるたびに胸が痛む。

いつか、きちんと話さなければ。ただ、自分でもまだ花音の死を完全には受け入れられてなくて、樹に説明できないでいる。

いま、花音の死について話したら、楓月がぼろぼろになりそうで。

ママはちょっとね、遠いところに行っちゃった。

そうやってごまかしている。

ひどいな、と自分でもわかってる。

「すみません、何も知らなくて。えっと、星野さんは姉とどういった知り合いですか？」

「ゴッドファーザー？　ってやつ？」

星野は首をかしげる。

「わたしに何かあったら樹をよろしく、って言われてた。あと、星野さんとか呼ばれるの、くすぐったいからやめてくれ。竜ちゃんでいい」

「いやいやいやいやいや！　無理です！」

まさか、年上の人をそんなふうには呼べない。

「んー、じゃあ、百歩譲って竜太さんかな。名字よりは親しみやすそう」

「竜太さんですね？」

星野、改め、竜太は満足そうに笑った。

「うん、いいな。それでいい」

竜太は、うんうん、とうなずく。それから、樹の方に顔を向けて、しっかりと目を合わせた。

「樹、俺はそんなに痛くなかったから大丈夫。でも、お友達とかにあんなに勢いよく飛びついたらケガするから気をつけろ」

「お友達、ケガしちゃうの？」

樹が目を真ん丸にする。

「そう。だから、そっと近づいて、ぎゅっと抱きつくぐらいにしろ」

「はい！」

「いいお返事です」

竜太が樹の頭をぐしゃぐしゃと撫でた。

「ありがとうございます」

楓月は、ぺこり、と頭を下げる。

「何がだ？」

「きちんと説明していただいて。樹も納得しました」

「納得しました！」

樹が、はい！　と手をあげる。

「納得なんて言葉、もう知ってるのか？」

「よくわかった、ってことでしょ？　楓月がよく使うから覚えちゃった」

樹が竜太の膝の上でごろごろと転がってる。よっぽどなついているんだな、と微笑ましくなった。

「樹は賢いな。俺よりも賢い」

「知ってるよー！　ぼく、竜ちゃんよりかしこいもん」

「知ってたか！」

そんな会話をして、二人で笑い合っている。

「仲良しですね」

「俺と樹?」

「仲良しだよ!」

樹が勢いよく言う。

「竜ちゃんはね、ぼくのおせわ…おわせ…おせ…?」

「お世話係」

「そうだった。お世話係なの!」

「え、そうなの?」

「そうなの。ママがね、竜ちゃんに全部放り投げちゃったの。お仕事が忙しいから、って。いまもお仕事忙しいのかな?」

「そう…だね…。仕事が忙しいんだと思う」

「そっかー。早くお仕事忙しくなくなるといいね」

「うん…」

竜太がちらりと楓月を見た。

責められるのかな。花音が死んだことを教えないってどういうことだ、って言われるのかな。

「樹、元気に遊んでこい」

竜太が樹を膝からはがす。

「竜ちゃん、またうちに住むの?」

「さあ、どうだろうな。しばらくはいるから安心しろ」

「やったー！　ぼくねー、ハンバーグ大好き！」

「お料理もされるんですか？」

楓月は驚いて、竜太を見た。

「お世話係だから、もちろん、家事はすべてやってる」

「竜ちゃん、見ててねー！」

樹は会話の途中で走り去った。

「おー、見てるぞー！」

竜太が手を振る。

「さて」

「花音のことはきちんと説明してません」

責められる前に、自分か言おう。今日は会社で課長に精神的なダメージを負わされた。これ以上はちょっと耐えられない。

花音の大事な人だから、いろいろ言いたいこともあるだろうけど、今日はやめてほしい。花音の死を思い出すのもつらいのに、そのことについて責められたら泣いてしまうかもしれない。そしたら、樹に心配をかける。そんなのはいやだ。

どうして泣いてるの？

楓月が泣いていたら、あのおっきな目にいっぱい涙をためて、自分が悲しいかのように聞いてくる。

泣いてないよ。あくびしただけだよ。大丈夫。

にこって笑顔をつくると、よかった、と樹も笑ってくれる。

だから、絶対に樹に見つからないところでしか泣けない。樹にはいつも笑顔でいてほしい。

それは無理な願いだとわかっている。だけど、楓月が泣いているから、という理由で泣かせたくはない。

花音が死んで、何度か泣いた。

花音が死んだことが悲しくて、だったり、花音が死んだことを樹にちゃんと説明してない自分がだめな人間に思えて、だったり、熱を出してる樹を見ていることしかできずに悔しくて、だったり。

あまり涙もろくないと思っていた。両親が亡くなったあのときに、悲しいという感情をとめたのかもしれない、とすら考えていた。

だけど、花音の死に顔を病院で見たあとから、悲しい、とか、悔しい、とか、そういった感情があふれてきて、たまに自分でもどうしようもなくなる。涙が勝手にこぼれてとまらなくなる。

いまもそう。すでに泣きそう。

「うまく説明できなくて、花音が死んだことを教えてません。すみません」

「なんで謝んの？」

竜太が首をかしげた。

「それはさ、育ててる…名前なんだっけ？」

「あ、楓月です。木のカエデにツキで楓月」

そういえば名乗ってなかった。

「へえ、きれいな名前だな。樹と音が似てる」

「花音がそれでつけてくれました」

「最愛の弟だもんな。名前は教えてくれなかったけど」

「最愛の弟？」

「樹とおなじぐらい愛してる、最愛の弟って言ってたぞ」

あ、やばい、と思った瞬間、ぽろっと涙がこぼれる。慌ててぬぐっても、後から後からこぼれてとまらない。

涙のスイッチが入ってしまった。

「楓月！」

樹がだだだーっと走ってくる。

「どうしたの！　竜ちゃんにいじめられた？」

「なんで、俺がいじめるんだ！」

「竜ちゃん、いじめっ子だから！」

「ちがう…これは…嬉しくて…泣いてるんだよ…」

涙腺がどうにかしちゃってる。

「嬉しくても泣くの？」

樹がきょとんとしてる。

「うん、泣く。嬉しくても涙が出るんだよ。樹にもそのうちわかる」

「そっかー。そのうちわかるんだね。じゃあ、いいや」

すごく聞きわけがいい。あきらめが早い、とも言う。

どっちでもいい。それが樹の性格だ。

「竜ちゃん、ごめんね」

「わかればいい。樹、もう遊ばなくていいのか？　うち帰るか？」

「まだ遊ぶー。楓月も竜ちゃんも見ててね！」

返事を聞くことなく、また駆けていった。

「楓月が育ててるんだから、花音のことについては楓月が好きなようにすればいい。たぶん、死の概念とかまだないだろうしな。花音はいまはいない、ってことでいいのか？」

「はい。ぼくもまだ、気持ちの整理がついてなくて…」

「まだ半年だっけ？」

「半年もたってないです。五ヶ月ちょっと」

「そっか」

花音が事故にあったのは秋だった。冬が過ぎて、春になって、もうすぐ社会人二年目になる。なのに、会社を辞めなきゃならない。ちょっとずつ仕事がわかってきた時期なのに。

「なあ、俺、またお世話係やってやるよ」

「え…？」

何を言われているのか、よくわからなかった。

「思いつめた顔してたから、何かあったんだろ。こんな早い時間に樹といられるのは、会社を早退してきたに決まってる。これ以上、休むようならクビってことか？」

「クビじゃないです…」

人見知りの楓月が、初対面の人にこんなふうに自分の胸のうちをさらけ出すのはめずらしい。

竜太が話しやすいのと、樹があれだけなついているなら大丈夫、この人はいい人だ、という思いがあるからだろう。

「自主退社？」

「そうですね…」

「それって、仕事ができないからか？」

「仕事はできます！」

楓月は思わず大声を出していた。

仕事ができないわけじゃない。よくやってるよ、と先輩たちもほめてくれている。お世辞じゃない、と思いたい。

できなかったときは、これはだめ、と言ってくれるような人たちだ。

「仕事できるんだ？」

「まだ新入社員なんで、ものすごく役に立つとかはないですけど…」

「え、新入社員って一年目ってこと？」

「はい」

「まだ二十三歳？」

「そうです」

「うっそ。花音と六つも離れてんの？」

「あれ、それも聞いてないですか？」

「全然。そっか、そりゃ、かわいくて愛しの弟になるわな。ご両親がお亡くなりになったときは…」

「中学生でした」

一年生だった。たぶん。

そういう記憶もあいまいだ。

「帰るー！」

砂場からそんな声がして、樹が全速力で走ってきた。どうするのかな、と見守っていると、竜太にしがみつく前にぴたりととまる。

えらいね、ちゃんと覚えてた。

「おー、樹、えらいじゃん！　俺を痛くさせないようにとまったな」

「うん！　竜ちゃんが痛いとかわいそうだからね」

「えらい、えらい！」

がっしがっしという感じで樹の頭を撫でている。樹はきゃっきゃしながら喜んでいた。すごく竜太のことを信頼している。

「とりあえず、楓月んち行っていいか？　花音の…」

「あ、もちろんです！」

花音の遺影にあいさつしたい、とかだろう。遺影のことも樹はよくわかっていない。ママの写真がある！　と無邪気に喜んでいる。

そういうのも、いつかきちんと教えてあげないと。

「樹も喜ぶだろうから、ぜひお越しください。樹、竜太さん、うちに来てくれるって」

「もちろんだよ。竜ちゃん、家ないんだもん」

「あるわ！」

竜太が笑った。

「え、おうちがあるのにぼくんちに住んでたの？」

「樹と離れがたくてな」

「そっかー。ぼくのマリョクにまいったんだな」

「魅力だ、魅力。魔力に参ってどうする」

竜太が声をたてて笑う。

「こういうのって、どこで覚えてくるんでしょうね」

「テレビとか、最近はスマホで動画見て、とかかもな。見せてる？」

「はい、見せますね。本当はいけないのかもしれないですけど、食事の準備をするときに来られると危ないですから」

セーフ機能を使っているから、スマホの動画でおかしなのは見られないようになっている。まだ三歳にもなってないのに、見たい動画を自分で探せるのは本当にすごい。子供って興味のあることなら、どんどん吸収していく。

もっかい見たい！　と言われて、ここのくるりとしたやつ押せばいいよ、と言ったら、そこから勝手にいろいろ押していき、最終的に一通りのことはできるようになった。

おかげで、スマホを見てなさい、と言うと、喜んで一人で遊んでいてくれる。

たまに保育園で会うお母さんたちに、スマホを見せちゃうんですよね、と言ったら、そんなの見せるわよ、魔の二歳児が黙って見ててくれるんだもん、その間に家事ができてありがたいわ、と、みんな、おなじようなことを言っていた。

自分だけじゃないんだ、よかった、と安心した。

樹がきょとんと楓月を見ている。

「さ、樹、帰ろうか」

「うん!」

楓月が手を出すと、樹はその手を取った。反対側の手で、竜太とも手をつなぐ。

「楓月と竜ちゃんのあーいだ」

ああ、これは花音と三人でいたときによくやっていた。

また涙がこぼれそうになって、どうにか引っ込める。

ここで泣いたら、樹が心配する。

「竜ちゃん、ぼくのおやつ食べちゃだめだよ」

「横取りしようかな」

「だめ! 怒るよ!」

「じゃあ、しょうがない」

そんな二人の会話を聞きながら、家への道をゆっくりと歩く。

なんかいいな、と思った。
こうやって三人で歩くのに違和感がない。
それが嬉しい。
どうしてかはわからないけれど。

2

「すみません、おやつは子供用のしかなくて」

竜太にコーヒーを入れて、子供用のビスケットをお皿に出した。先にオレンジジュースを飲んでいた樹が、わーい！ と手を出す。

樹はおやつを食べないと、夕食まで絶対にもたない。食欲旺盛でいいことだ。いっぱい食べて、元気に育ってほしい。

「おいしいね！」

樹は手にビスケットを持って、ゆっくり食べている。好きなものは味わうタイプなのだ。

「おいしいのか。じゃあ、俺も食べよう」

「どうぞ」

「どうぞー！」

樹がにこにこしながら勧める。

「おいしいよ！」

「俺にわけてくれんの？」

「いいよー」

「やさしいな、樹」

「うん、ぼく、やさしいの！」

「そっか、そっか。ありがと」

竜太がビスケットをひとつ食べた。

「お、なつかしい味がする。そういえば、子供のころ、こんなの食べてたな」

「なつかしい味がしますよね」

「なつかしいの？」

樹がきょとんとした。

「俺らが子供のころに食べてたんだよ。樹ぐらいの年齢のとき」

「竜ちゃんも楓月も、ぼくぐらいなことがあったの？」

樹が目を丸くする。

「あったんだよ、それが。樹もそのうち、俺みたいになるかもな」

「竜ちゃんか…」

樹が、うーん、と首をひねった。

「おい！　失礼だぞ！」

「ぼく、あの人みたいになりたい！」

樹が口にしたのは子供番組の司会の人。大好きだもんね、その人が。

「あれに負けるのか？」

竜太が、がっくり、と肩を落とす。

「負けるの！　竜ちゃんよりかっこいいもん」

「世間一般からすれば、俺のがかっこいいと思うぞ」

「そんなことないよー！　竜ちゃん、やさしくなさそうな顔してる」

「まあ、やさしそうな顔じゃないな。キリッとしてる。俺のがモテるぞ、絶対」

「モテる？」

「たくさんの女の子に好かれるってこと」

「へー。竜ちゃん、モテるんだ？」

「モテモテ」

「めんどくさいね！」

樹がにこにことそう言った。思わず、楓月は噴き出してしまう。

「うらやましいね、じゃないのか！」

「たくさんの女の子に好かれたら、追いかけ回されるからいいや。ぼくは、だれか一人に好かれれば、それで」

「急におとなっぽいことを言うんだな」

竜太が大声で笑った。

「一年もたつと、本当に成長するな。こうやって普通に会話してるのがびっくりする。いま、いくつだっけ？」

「二歳と七ヶ月です」

樹は夏生まれだ。

「じゃあ、幼稚園は来年？」

「保育園のままの予定です。いまのところは」

幼稚園だとお昼すぎには迎えに行かないといけない。楓月一人で育てているいまの状況では、幼稚園に入れるのは絶対に無理だ。

会社を辞めることになったら入れられるけどね、と考えて、ずーん、と落ち込んでしまう。

働きたい。ちゃんと自分でお金を稼ぎたい。

いくら親の保険金があるからといって、何もしないでいると不安になる。自分の生活費は自分で稼ぐ、と決めていた。花音だって、それができていた。

辞めたくない。

辞めません、と言ったら、どうなるんだろう。仕事を回されなくなって、職場で無視されたりする？

課長はそんな子供っぽいことをしない人だと思いたいけど、どうだかわからない。本気で楓月を辞めさせたいなら、そうやって孤立させるのがてっとり早い。

「どうした？」

竜太がやわらかく、そう聞いてきた。

「あ、すみません！」

また考えごとをしていた。今日、できれば自分から辞めてほしい、と遠回しに言われたばかりで、頭の整理がついていない。そのせいで、せっかく竜太が来てくれたというのにうわの空でいることが多い。

「いや、いいんだけど。あとから、じっくり聞いてやるよ。ところで、俺、ごはん作るけど何がいい？」

「え、いいです、いいです！　ぼく、作ります！」

そんなことさせるわけにはいかない。

「樹、何が食べたい？」

「竜ちゃん、作ってくれるの？」

樹が目をきらきらさせている。

「作ってやる。俺の料理、覚えてるか？」

「うーんとね、おいしかったことは覚えてるよ。ママの料理もおいしいけど、竜ちゃんのもおいしい。楓月の料理もおいしい。ぼく、おいしいものばっかり食べてる！」

わーい、と手をあげる樹は、絶対にこの世で一番かわいい。

叔父バカだとわかってる。

「ハンバーグがいいな」

「子供ってハンバーグ好きだよな」

「ハンバーグとコーンスープ！」

「ポテトサラダは？」

「ポテトサラダも食べる！」

「じゃあ、お子様ランチっぽくするか。樹って、いまはどのぐらい食べる？」

「普通に食べます。好ききらいもそんなにないです」

「そんなにないです！」

「いい子だな、樹は」

竜太が樹の頭をぐしゃぐしゃ撫でた。樹は嬉しそうにきゃっきゃと笑う。

きっと、一年前もこんなふうに二人で一緒に過ごしていたんだろう。

「材料あるか？」

「ひき肉がないです」

ハンバーグの材料で一番重要なものがない。ひき肉はよく食べるのでたくさん買って冷凍してるけれど、ちょうどいまは切らしてる。

「だったら、買い物もしてくる」

「ぼく、買い物行きますよ。竜太さん、家で樹の面倒を見ていてください」

普段なら、いくら花音の知り合いとはいえ、初対面の人に樹を預けたりはしない。だけど、樹がこんなになついていて、竜ちゃん、竜ちゃん、って嬉しそうに呼んでる。

それだけで、大丈夫、と思えた。

半年離れていた間、樹は楓月のことをすっかり忘れて、最初は寄ってこようとしなかった。

あれはもう一年前のこと。

だれ、この人？　みたいな顔をして、花音にくっついたままだった。

一歳ちょっとまでずっと一緒にいたのに忘れられるんだ、ということがショックで、でも、どうにか樹とまた仲良くなりたくてがんばった。それでも、しばらくかかったはずだ。

樹はそのぐらい人見知りで警戒心が強い。

それなのに、竜太のことは一年たっても覚えていて、あんなにも無邪気に笑いかけてる。

それは、竜太と樹がちゃんとした関係を築いていたからだ。

この家には他人を入れない。

二人だけの生活になって、自然とできた暗黙の了解を破るほど、花音が信用した相手。

花音が信じた。樹がなついている。三人で暮らしたことがある。

その根拠で十分じゃないだろうか。樹が、また一緒に暮らしてほしい、と思っている。それほど、竜太との時間は楽しかったのだ。

「いや、俺が行く。知らないやつと子供を二人きりにしない方がいいぞ。俺が悪いやつだったらどうすんだ」

竜太が真顔でそう告げた。

ほら、やっぱり、いい人だ。そういう親側の不安をわかってる。

「竜ちゃん、悪い人なの？」

樹がきょとんとしてる。

「悪い人って、えーっと…、悪い人？」

うん、たとえがわからなかったんだね。

「俺、悪いやつだった？」

「全然！　竜ちゃん、いい人だよ。ごはんも作ってくれて、おやつも作ってくれて、やさしかった！　竜ちゃんのハンバーグとコーンスープが食べたい！」

「わかった。買い物に行ってくるからおとなしく待ってろ」

「はーい」

「というわけで、買い物行ってくる」

「あ、お金出します」

ごはんを作ってもらうんなら、材料費は楓月が負担するべきだ。

「いい、いい。金ぐらい持ってる。ぱぱっと行って、ぱぱっと帰ってくる。近所のスーパーっぶれてないよな？」

「いまも元気に営業中です」

「なら、よかった。じゃあ、行ってくるわ」

「いってらっしゃーい！」

樹がぶんぶんと手を振った。楓月も小さく手を振って、いってらっしゃい、とつけくわえる。

竜太の姿が消えて、楓月は樹に聞いてみることにした。

「ねえ、樹」

「んー？」

樹はオレンジジュースとビスケットを交互に食べて幸せそうな顔をしている。

「竜太さんって、どんな人？」

「ママの親友」

親友という言葉を覚えたのか、得意そうにそう言った。

「そうなんだね。じゃあ、樹にとってはどんな人？」

「竜ちゃんはね、やさしいよ。ママがお仕事で忙しかったときに、ずっとぼくといてくれたの。ママ、いまも忙しいのかな？」

「う…ん、そうだね、忙しいのかもね」

ああ、胸が痛む。いつか、ちゃんと話さなきゃ、と、こういうことを言われるたびに思う。

説明しないのは樹が理解できないから、と逃げてばかりいないで、きちんと向き合わなきゃいけない。

楓月が、花音の死と。

それができていないから、説明できない。

向き合うのが怖い。

もうちょっとあとでいいよね、と先延ばしにしてばかり。

ごめんね、こんな保護者で。

「じゃあ、竜ちゃんはそれで戻ってきてくれたのかな?」

「どこか行ってたの?」

「うん。見つけたいものがあるから出ていく、って言ってたよ。見つけたいものは見つかったのかな? まだかな?」

「聞いてみたら?」

楓月が帰ってくるから、この家から出ていったんだろうけど、もしかしたら、本当に何か用があったのかもしれない。

親友なのに花音のお葬式にも来ないなんておかしいし。

「うん、聞いてみる!」

「樹は竜太さんのこと好き?」

「だーい好き！」

「これからしばらく一緒に住んでもらえたら嬉しい？」

「竜ちゃん、住むんでしょ？」

樹がきょとんとしてる。

「まだわかんない。聞いてみないと」

「やだやだ！　竜ちゃんがいないとやだ！　やだやだやだやだ…」

「おーい、わがまま言ってるのだれだ？」

竜太が買い物袋を持ってリビングに入ってきた。

「竜ちゃん！　ねえ、竜ちゃん、一緒に住むよね？　住むんだよね？　じゃないと、ぼく、やだよ！　やだやだやだやだ…」

めずらしい。樹が本気でわがままだ。

「んー、それは楓月と俺が話し合ってから。俺の都合ってものもあるんだよ」

「ツゴウって何？」

「言葉の意味か。事情はわかるか？」

「わかんない！」

「予定は？」

「ちょっとわかる」

「じゃあ、その予定ってやつ。俺にも俺の予定があって、ここにずっと住めるかどうかはいろいろ楓月と相談しないと。楓月はいいって言ってくれても、俺がダメなこともあるから、あんまり期待すんな」

ああ、この人は本当にすごい。楓月が、いや、一緒に住むのはちょっと、と断ったとしても、全部、自分のせいにしてくれようとしている。

楓月が樹に恨まれないように。

それも、とてもさりげなく。

花音の親友だというのもわかる気がした。気の遣い方がよく似ている。

「夕飯って何時?」

「いつもは七時ですけど、樹、おなか空いた?」

「空いた! ハンバーグとコーンスープ食べたい!」

「じゃあ、いまからでもいいです」

食事の時間を全部きっちりするのは、あんまり好きじゃない。お休みの日とか、おなか空いたから何か食べようか、みたいな感じだし。

平日が七時なのは、楓月の都合だ。会社が五時半終業で、そこから迎えに行って、ごはんを作って、となると七時になってしまう。

会社が近くて本当によかった。電車で三駅しか離れていない。これが片道一時間とかだったら、ごはんを食べるのがもっと遅くなる。

「わかった。張り切って作るわ」

「ぼく、手伝いますよ?」

さすがにすべてをやってもらうのは申し訳なさすぎる。

「いや、いい。いちいち指示するのめんどくさいし、樹と遊んどいて」

それはそうかも。料理ができる人なら、一人でやるほうが早い。

「じゃあ、すみません、お言葉に甘えます」

だれかの作ったごはんなんて、本当にひさしぶり。外食を入れると結構あるけど、この家で楓月以外が作ることはない。

だからだろうか、わくわくしてる。

だれかに作ってもらうごはん。

それは、なんだか、幸せの香り。

「できたぞー」

竜太に呼ばれて、ちょっと待ってください、と返事をした。

楓月は樹を連れて洗面所へ向かう。

もとは四人で暮らしていたので、それなりに家は広い。二階に三部屋、一階にリビングとダイニングキッチン、お風呂、独立した洗面所がある。トイレは一階にも二階にもひとつずつ。

寝室は二階の一番大きな部屋を使って、樹と一緒に寝ている。花音の部屋はそのまま手をつけていなくて、あと一部屋はなんにも使っていない。樹が成長したら、樹の部屋にする予定だ。

二人で手を洗って、ダイニングキッチンに入った。もうすでに、すごくいい匂いがしている。

「わー！」

樹が歓声をあげた。

「竜ちゃんのハンバーグだ！」

「そう、俺のハンバーグ。樹、椅子には自分で座れるのか？」

もちろん、子供用の椅子に座らせている。自分で登ることもあるし、抱えてほしいと手を差し出されたらそうする。

「ぼく、座れるよ！」

今日は自分で登りたいらしい。竜太にいいところを見せたいのかな？

ひょい、ひょい、と器用に登って、ちょこん、と座った。

「おお、えらい！　ちゃんと座れた！」

「でしょー！」

樹がぱちぱちと自分で手を叩いている。

「うん、えらいよ」

楓月もぱちぱちと手を叩いてあげた。竜太も、えらいな、と手を叩いてくれる。大人二人にほめられて、樹は得意顔だ。

こういうところは本当にかわいい。

「楓月は酒飲む?」

「飲めますけど、飲みません」

「樹がいるから?」

「それもありますけど、家で一人で飲みたいと思うほどお酒が好きじゃないので。竜太さん、お酒飲まれるならどうぞ」

「いや、今日はいい。あとから話し合いしなきゃなんないから」

あ、そうだ。住み込んでもらうかどうかの話をしなきゃ。

竜太がいいのであれば、ぜひ、ここに住んでほしい。そんな気持ちになってきている。

でも、そのためには楓月の状況を話しておかないと。ものすごく負担をかけてしまうから、安易に頼めない。

「ねえねえ、おいしそうだね!」

樹がフォークを持ってる。早く食べたい、という合図。

「そうだね。いただきます、しようか」

楓月は樹の向かいの席に着いた。竜太は残りの席に座る。

「はい、じゃあ、いただきます」

「いただきまーす！」

みんなで手を合わせて、ごはんの開始。

「ぼく、ハンバーグからね！」

さっそくハンバーグをフォークで切ってる。お皿には、ポテトサラダとニンジンとインゲンのソテーが添えられていた。あとはコーンスープとごはん。すごくおいしそう。

樹が小さくしたハンバーグをフォークで刺して、口元に持っていく。

成長したなあ、とこういうところでも思う。最初はミルクで、つぎは離乳食。だんだん食べられるものも増えて、いまはもう大人とおんなじものを食べている。

樹は、あむっとハンバーグを頬張って、もぐもぐ、と噛んでいる。

「おいしい！」

食べ終わってから、樹がそう言った。

「おいしいか？」

「うん、おいしい！　楓月も食べて、食べて！」

「うん、あったかいうちに食べようね。竜太さん、いただきます」

楓月はハンバーグに箸を入れた。

ふわふわやわらかいハンバーグは簡単に箸で切れて、じゅわっと肉汁があふれてだす。おいしそう。

ぱくっと一口食べると、ソースの中からお肉のおいしさとタマネギのシャクシャク感が現れた。

すごくおいしい！　これ、大好きな味だ。

「おいしいです！」

「気に入ってもらえたようでよかった」

竜太が微笑む。

「二人、おんなじ顔して食べるんだな」

「え、そうですか？」

「そうなの？」

楓月と樹、ほぼ同時にそう口にした。

「うん。おいしい、って顔してる」

たしかに、樹は好きなものはすごくおいしそうに食べてくれる。きらいなものだと、いやいやなのがすぐにわかる。

そうか、あんな顔してるんだ。

「そっか。よかった」

樹がにこにこした。

「よかったの？」

「うん。楓月、おいしそうに食べるから。ぼくもあんな顔してるなら嬉しい」

「樹もすごくおいしそうに食べるよ。ニンジンとインゲンはどうかな？」

野菜もそんなに好ききらいなく食べてくれる。ただし、キュウリはだめ。トマトも生はだめ。青くさいものがだめなのだ。そこは無理に食べさせたりしない。この年齢なら好きなものをたくさん食べてくれるだけで十分。

「食べる！」

樹がニンジンをぱくっと食べた。

「甘い！　おいしい！」

樹が嬉しそうにそう言う。

「インゲンも甘いかな？」

「インゲンは甘くない。食べてだめなら、ぺってしていいぞ」

「大丈夫！　ぼく、ちゃんと食べるよ」

樹はインゲンを口に入れて、もぐもぐ食べてる。

「あ、普通に食べれるよ」

トーンが落ちてるから、そんなに好きじゃないんだろう。でも、食べたのはえらい。

「そんなにおいしくはないんだな?」

「竜ちゃんが作ってくれたから全部食べる。先に食べちゃおうっと」

ぱくぱくぱく、とインゲンを食べ終えて、ふー、と樹は息をついた。

「これで好きなものだけだ! コーンスープ飲むね!」

スプーンに持ちかえて、コーンスープを一口。

「おいしいいいいいい!」

樹がばたばたしてる。

「竜ちゃん、おいしい!」

「インゲンとえらいちがいだな」

竜太が笑ってる。

「インゲンは悪くない。ぼくの問題だよ」

突然、大人っぽいことを言い出す樹に、楓月はぷっと噴き出した。

「そっか、樹の問題か。じゃあ、しょうがない」

「うん、しょうがない」

樹が、うんうん、とうなずいている。

「楓月も食べなよ」

「あ、そうだね。あったかいうちにいただこう」

楓月はコーンスープを飲んだ。本当だ、すごくおいしい！

「これ、どうやって作るんですか？」

「タマネギ炒めて、水入れて煮て、缶詰のコーンのすりつぶしたやつ入れて、牛乳入れて、塩コショウで味を整えるだけ。ミキサーとかなくてもうまいコーンスープのできあがり」

「え、そんなに簡単なのに、こんなにおいしいんですか？」

びっくりだ。これなら、楓月にも作れる。

「野菜をいろいろ入れたらコーンチャウダーみたいになっておいしいぞ。ベーコン入れるのもいい」

「わ、それもおいしそうですね！」

「キャベツがおすすめ。甘くてうまい」

「タマネギとキャベツですか？」

「それだけだと寂しいから、ニンジンとジャガイモとか入れるかな、俺なら」

「覚えておきます」

あとからメモしとこう。

樹が全部をぺろりと食べて、ごちそうさま、と手を合わせた。竜太もいつの間にか食べ終えている。楓月もあと少し。

最後のハンバーグを大事に口に入れて、ゆっくりと味わった。

「ごちそうさまでした」

楓月も手をあわせて、大きな声でそう言った。子供にさせたいことは、自分もきちんとしなくちゃね。

「竜太さん、ゆっくりしててください。後片付けはやりますので」

「じゃあ、樹と遊んでる。風呂は？」

「お風呂はもうちょっとあとで大丈夫です。今日は食事が早かったので」

「竜ちゃんと入る！」

樹が、はーい！　と手をあげた。

「樹がぼくを裏切った！」

「楓月とは毎日入ってるからいいよ～。竜ちゃんがいい」

「竜太さん、大丈夫ですか？」

「もっと小さいときに入れてたから大丈夫。何時ごろ？」

「いつも八時半です。樹はお風呂入るとすぐに寝ちゃうので、そのままベッドに直行します。九時には寝るかな？」

「へえ、そこは変わんないんだな。俺がお世話係してたときも、風呂入ったら寝てた」

「そうなんですよね。手がかからなくていいね、って言われます。寝かすの、すごく大変みたいなので」

「竜ちゃん、あーそぼ！」

樹が椅子から降りて、竜太のところに行った。竜太は、はいよ、と答える。

「後片付けは任せていいのか？」

「食洗機あるんで、特にすることないんです」

さっと流して食器を入れるだけでいい食洗機は大活躍だ。

「そっか、じゃあ、よろしく。風呂は俺が入れるよ」

「樹も楽しみにしているので、よろしくお願いします」

こういうのなつかしい。花音と、今日はどっちがどうする？って決めてたとき以来だ。

半年近く、一人でやってきた。無我夢中だった。

仕事も樹も両方大切で、どっちもちゃんとしなきゃいけないから気を張って、あっという間に一日が過ぎていく。

そんな中、竜太が現れた。

もしかしたら、樹の父親かもしれない人。

でも、それは花音にしかわからない。

相手はね、妊娠したことも知らないの。わたしが勝手に産むの。

花音はそう言っていた。

いまは知ってるんだろうか。花音は教えたんだろうか。

それとも、竜太は父親じゃないんだろうか。
気にならないと言ったら嘘になる。
だけど、そこに立ち入ってはいけないと思う。
花音が秘密にしたことを暴いてはいけない。
いまは、絶対に無理。花音が生きているときならともかく。

3

「ありがとうございます」

竜太が樹を二階に連れていって、寝かせてくれた。二人でお風呂に入っている間に、二階の空いている部屋を掃除して、ベッドをきれいにセッティングした。以前は楓月の部屋だったので、ひととおり必要なものはそろってる。

とりあえず、竜太にはそこで寝てもらう。その前に話をしないと。

というわけで、お茶を入れて、二人でリビングで向かい合っている。

「ホントにすぐ寝るんだな。おやすみ、って言う前に寝てた」

「本当にそこはありがたいです。寝ない子はまったく寝ない、って言うので。これからしばらくがぼくの時間です」

持ち帰った仕事をしたり、テレビを見たり、音楽を聞いたり、本を読んだり。樹は六時前には目が覚めてしまうので、そこにあわせて十二時前には楓月も眠るようにしている。

「そっか。じゃあ、その時間をあんまり使わせるのも申し訳ないから単刀直入に聞くが、世話係が必要か？」

「はい」

そう答えたら、ぽろり、と涙がこぼれた。自分でもびっくりして、慌てて涙をぬぐう。

「あの…気にしないでください」

「気が張ってたんだろ。泣きたいなら泣けばいい。一人で子育てするのって大変だからな。あの能天気な花音ですら、助けて！　って泣きついてきたぐらいだし。妊娠したことは教えなかったくせに」

そういえば、友達にも教えてない、と言ってた。

竜太はどっちなんだろう。

父親？　それとも友達？

花音は教えてくれないから、一生の謎になる。

だって、竜太には聞けない。そこは、やっぱり踏みこめない。

「どうして知ったんですか？」

「樹が一歳ぐらいのとき、街でばったり会ってさ。あれ、友達の子？　って聞いたら、わたしの子よ、って言われて、本気でびびった。その前に、しばらく会えない、元気でね、ってメールが来てて、どうしたんだろう、って不思議に思ってたけど。まさか、黙って子供を産んでるとは思わないだろ」

竜太はなつかしむように目を細めた。

父親じゃないのかもしれない。さすがに、父親だったら、黙ってたことを怒ると思う。それとも、ただ単に知らないのか。

…こうやって竜太が父親かどうか考えるのはやめとこう。答えの出ない問いに意味はない。

「花音はそういうところありますよね」

自分で全部決めて、だれにも頼らない。

「あるある。急に言うんだよ。こっちの都合とか考えずに電話してきて、ねえ、竜太、暇でしょ？　わたしと一緒に子供を育てない？　って。ありえなくないか？」

楓月はぷっと噴き出して、そのまま大きな声で笑ってしまった。

うん、いかにも花音だね。

「それで引き受けたんですか？」

「そう、暇だからいいよ、って答えた。俺、花音に弱いんだ。頼まれたら、なんでもしてやりたくなる。あいつ、甘えるの下手だろ？」

「そうですね」

いい関係だったんだな。こういう人たちに囲まれてたのなら、花音は幸せだったにちがいない。

「だから、頼むとかじゃなくて命令する感じになるんだけどさ。それでも許されるキャラクターっていうか。あいつも他人のために一生懸命になるから、困ってるときはこっちも助けよう、って。困ってるから手伝って、とかが言えないんだよな。一人でがんばってふんばってどうにかしよう、って思ってる」

「そうなんですよ」

言ってくれれば、いくらでも助けるのに。

もしかしたら、子供の父親にも、迷惑をかけたくない、と思って秘密にしたんだろうか。好きなのに離れて、一人で産んで、そして……。

そこはもう考えてもわからない。正解を教えてくれる人はこの世にいなくなってしまった。

「電話をかけてきてそう言うってことは、あいつなりのSOSだと思ってさ。ここで手を離したらだめだろう、って。だから、半年ほど一緒に子育てした。最初は慣れなくてさ、一人で預かるのとか大丈夫だろうか、とこっちはすごく不安なのに、あいつは、仕事休めないからよろしく！　って、俺に任せるんだぞ、一歳児を！」

「え、こういうふうにしてね、とかもなしにですか？」

「さすがにしばらく花音と二人でいろいろできるようにはさせられた。あいつはそんなに無責任じゃない。かといって、ものすごく神経質でもない。あのバランスはすごい」

「わかります」

花音は楓月にも、沐浴できるよね？　とどう考えても質問じゃないのに質問形式で聞いてきた。

それはつまり、やれということ。

沐浴の仕方は習ったし、花音はそばで見ていてくれた。それでも、ものすごく怖かった。何かあったらどうしよう、とばかり思っていた。

無事に沐浴が終わったときは、へなへなと腰から崩れたぐらいだ。

そのあとも、ことあるごとにいろんなことをさせられた。花音はきちんと見ていてくれて、アドバイスもしてくれる。

それでも、一人で何かをするというのは怖い。

その恐怖と向き合って、毎回、克服してきた。

いま、樹を一人で育てるのが怖くないのは、あのときの経験があるから。いろいろやらせてくれた花音に感謝している。

たぶん、花音だって怖かったはず。

自分の宝物に何かあったら。

その不安を抱えつつも、楓月を信用してくれた。

「あ、そうか。楓月もおんなじ経験したのか」

「はい。まだ首もすわっていない子のお世話をするのは、本当に怖かったです。だって、ぼくにかかってるじゃないですか。でも、おかげでいまはなんでも大丈夫です。年齢があがるにつれて、そのときどきの新しい怖さがあるでしょうけど、首がすわってるからいいか、みたいな支えてないとぐにゃってなる首以上に怖いものは、たぶんない。

「そっか。俺は、花音が仕事から帰ってくるまでの数時間で精根使い果たした。一歳ってはいはいするじゃん？　俺さ、もっと寝てると思ってたんだよ」

「お昼寝はあんまりしないですね。一歳のころは、夜早く寝て、朝遅くに起きて、それで睡眠は十分！　みたいな。遊びすぎると、昼間でも電池が切れて、ことん、と寝ちゃいますけど、三十分ぐらいで起きてました」

そういう記憶も、もう薄れていっている。子供の成長はとても早い。何歳のときの何をしていた、とか、あと何年かしたらきれいさっぱり忘れてしまいそう。

いま、これをする。いま、これができる。

それを覚えておくことで精一杯。

「そうなんだよ。で、はいはいしてるのを追ってるとさ、あっという間に時間がたつ。こっちも気が張ってるし、おむつとかも替えなきゃなんないし」

そう、子供と一緒にいるとすぐに時間がたってしまう。

「その日、保育園はだめだったんですか？」

「休日出勤」

「ああ、なるほど」

休日は預けないって決めてたもんね。

「花音ってパワフルだよな。子供産んで一年しかたってないのに、バリバリ働いてた。休日出勤も多くてさ。あのころ、仕事がすごく忙しかったみたいで。やった、お給料増える！　って喜んで出社してたな。俺なんて、そのとき無職だったよ」

えっと、これはスルーした方がいいんだろうか。それとも、詳しく聞いた方がいいんだろうか。

「無職っていうか、四月から海外に行くから休養期間ってやつ？」

「あ、そうなんですね。お仕事でですか？」

「仕事っていうか研究かな。一年ほど、あんまり電波の届かないところにいたんだ。日本に帰りたくても帰れないような場所。花音が死んだっていう連絡は入ってきたけど、動けなくて。こんな時期になったけど、ま、花音なら許してくれるだろ」

そう言いつつも、竜太は寂しそうな表情を浮かべる。

「俺、花音とは一生親友でいると思ってた。一生親友だったけど、こういう意味で願ってたわけじゃないんだ。俺らがじいさんばあさんになって、縁側でお茶飲みながら昔話をするような、そういう穏やかな感じがよかった。こういうこともあったな、ああいうこともあったな、って笑い話だけしてさ。二人で笑ってさ。そういう余生だと思ってた」

楓月もそうしたかった。

花音と年を取るまで一緒にいて、小田家は短命って嘘だったよね、って花音と笑い合いたかった。

竜太は花音のことをとても大事に思ってくれている。年を取ってもずっと親友でいると疑ってない。

いい関係だったんだろうな。

それがとても微笑ましい。

「花音は、ごめんね、いなくなっちゃった、って天国で笑ってますよ」

「だよな。花音って、そういうやつだもんな」

「そういう人です」

二人で顔を見合わせて笑った。

どきん。

どうしてか、心臓が跳ねる。しばらく一緒にいたから忘れてたけど、こうやってじっくり見ると、やっぱりすごくかっこいい。

同性すらどきどきさせるって、すごいよね。

「あ、そうだ。花音のことはいいんだよ。楓月は社会人一年目か」

「はい…」

一年目じゃなかったらちがっただろうか。もっと実績を出してたら、暗に辞めろなんて言われなかっただろうか。

どうだろう。会社ってそんな甘いものじゃないのかもしれない。

「辞めろって？」

「辞めろ、じゃなくて、進退を考えてくれ、みたいな…。子供がいるのに早退ばかりして、という理由でクビにするのは、いまは無理なので。ぼくが辞めるように仕向けたいんです」

「有給の範囲なんだよな？」

「有給は花音が亡くなったときに使い切りました」

「え、忌引きあるだろ？」

竜太が首をかしげてる。

「忌引きはお葬式とかしてたらほとんどなくなっちゃいますし、その期間だと樹との保護者手続きができなかったんで。それに、花音が亡くなって、もう本当に呆然としちゃって。樹とも一緒にいたくて。だから、そのときにもらえる有給を全部足しました。新入社員なんで十日しかもらえないんです。でも、こんなに悲しいことも、こんなに落ち込むことも人生でもうないな、って思ったから、自分の心のケアのために全部使うことにしました」

「ってことは、早退したら無給になるのか」

「そうですね。無給なのはしょうがないんですけど、新入社員なのにそんなに早退ばかりされても、とか、休まれても、とかは、やっぱり思われるみたいで。仕事を覚える時期に休んでばっかり、というのも心証が悪いんでしょうね。わかるんです。ぼくだって、自分が逆の立場ならイライラするでしょうし」

「でも、辞めたくないんだ？」

「入りたくて入った会社で、希望の部署にも入れて、仕事は本当に楽しいんです。早めに行って、少しでも迷惑をかけないようにしてるんですけど、やっぱり、早退って目立つじゃないですか」

「まだみんないるのに帰ると、たしかに目立つよな。実際はそんなに回数が多くなくても、何回かで、あいつはまた早退してる、って思われるし」

「そうなんです…」

すみません、お先に失礼します、とあいさつをするたびに、またか、みたいな表情をされる。姉が亡くなって、その忘れ形見を引き取った、ということを知っていて、そのことについては大いに理解してくれていても、それとはまた別の感情が生まれるのはしょうがない。

「それって、俺が半年いたぐらいでどうにかなることか？」

「なるかもしれないですし、ならないかもしれません。でも、半年早退しなくてすんだら、ちょっとは風向きが変わってくれるんじゃないかと」

そこまで言ってから、はっと気がついた。

「でも！　竜太さんに半年もここにいてもらうのは申し訳ないんで！　ってうか、半年ってどうしてですか？」

「前回が半年だったから、まあ、半年ぐらいならサポートするのも大丈夫かな、と思って」

「一歳のときよりもパワーアップしてますよ？」

「一歳半でお別れした時点で、すごいパワーアップしてたからな。子供の成長って早いよな」

「ホントに早いんですよ。一歳半のときって言葉はそんなにしゃべってなかったですよね？」

留学から帰ってきて、わ、ちょっとしゃべれるようになってるし歩けてる！　ってびっくりしたぐらい。それから一年で、こんなに口が達者になるなんて。

「竜ちゃん、ぐらいはしゃべってた。りゅーたっ！　だったけど。それがさ、今日べらべらしゃべってるから、びっくりした。二歳半ってあんなにしゃべれるんだな」

「樹は言葉が早い、って言われました。保育園で年が上の子とも対等にしゃべるみたいで、おもしろがられています。あんまり早いのもよくないんだろうか、と思って検診のときに聞いてみたら、どっちにしろ、いつかはみんなこのぐらいしゃべれるようになるんだから気にしなくていいよ、と言われました。こういうのも個人差があるんですよね。一人で育ててると、その辺もよくわからなくて。花音がいてくれたらな、って毎回思います。花音なら、早くしゃべれるって楽しいね！　って笑ってたと思うので」

「あいつはそうだな。楽天家だったからな」

竜太が、ふふっ、と笑った。

「よし、とりあえず、楓月が会社を辞めたくないなら協力する。花音が俺をもっとも必要としてたときにいてやれなかったから」

「もっとも必要としてたときにはいてくださいましたよ？」

花音が助けを求めたとき。

「いや、わたし、もしかしたら早く死んじゃうかもしれないから、そのときには樹のことをよろしくね、って言われてたんだ。よろしくって、楓月みたいに育てるとかじゃなくて、楓月を手助けしてあげて、って。この半年、一人で大変だっただろ」

「そんなこと…」

ないです、とはつづけられなかった。涙があふれて、言葉が出なくなった。

そう、大変だった。

樹はかわいい。手放すつもりなんてない。

花音が楓月を育ててくれたように、楓月だって樹をきちんと大学まで送りだしたい。

だけど、それとはまったくちがうところで、大変だなあ、とずっと思っていた。

一人で子供を育てるのって、こんなに大変なんだ。頼る人がだれもいない。そんな中で気を張って、この半年生きてきた。

風邪すら引けないから、とにかく健康管理に気をつけて、休みの日には樹とべったりで。

ちょっと離れたい。一人になりたい。

そう思うことに罪悪感を抱いていた。

だけど、ほかの親もそういうことを思うと知って、気が楽になった。

ずっと一緒にいるんだもん。いやにもなるわよ。

保育園で仲のいい人たちにそう言われて、気が楽になった。自分だけじゃないんだ、とほっとした。

樹はとてもかわいい。そばにいられるだけいてあげたい。

仕事がしたい。辞めたくはない。

その矛盾した気持ちを抱いていてもいいいんだ、と。

「大丈夫」

ふわり、と体が包まれた。びっくりして顔をあげると、竜太が両手で包みこんでくれている。

「俺がどうにかする。楓月は仕事を辞めなくてもいい。明日、言ってやれ。全部解決したんで、もう早退しません、って。クビにするなら訴えます…は、さすがに言いすぎか」

「言いすぎ…です…っ…」

そこまで言うと、めんどくさい社員として距離を置かれそうだ。

「この半年分を、これから半年で取り返します、って言ってやれ。俺が全面サポートする。花音の愛した二人を、俺が全力で助ける。だから、大丈夫」

「竜太さっ…」

もう涙がとまらない。つぎからつぎへとあふれてくる。

だれかに、そう言ってほしかった。

大丈夫、って、ただ、それだけを。

竜太はそれ以上の言葉をくれた。

全力で助ける、と言ってくれた。

ありがたくて嬉しくて、胸が痛い。

「竜太さっ…ぼく…花音が死んでから…ずっと…ずっと…ずっと…っ……！」

堰を切ったように感情があふれて、楓月は声をあげて泣いた。

「うん、うん」

竜太が楓月の髪を撫でてくれる。

「苦しくて、悲しくて、つらかったな」

こくこくこく、と何度もうなずく。

樹がいるからしっかりしなきゃ。泣いてばかりいられない。笑顔でいないと樹が心配する。

そう思っていた。

本当は、全然立ち直れてないのに。

「竜太さんも…っ…苦しくて…悲しくて…つらいですか…？」

親友を失ったのだ。

「んー、花音はさ、わたし、たぶん、先に死ぬから、ってよく言ってて。は？　って言ったら、そういう家系なの、って。バッカじゃねえの、って笑ってたんだよ。そしたら、真剣な顔で、

明日も生きてる保証なんてないんだから一日一日を真剣に生きてるの、だから、もし、わたしが死んだとしても悲しまないでほしい、全力で生きたんだな、お疲れ、って思ってほしい、って言われて。そのことについて、何度か真面目に話したんだ。だから、納得はしてる。花音は全力で人生を駆け抜けて、いつかまた会える場所へ向かったんだ、って。子供が欲しかったから、もうなんにも思い残すことはない、この子の成長が見られたら幸せだけど、そうじゃなくても、わたしには弟と竜太がいるから心配してない、って」

本当に本当に花音らしい。

花音らしすぎて、また涙がこぼれる。

潔くて、かっこよくて、自慢の姉。

「だけどさ、悔しいよな」

「悔しいです…っ…」

そう、悔しい。こんなに早くいなくなったことが、悔しくて悔しくてたまらない。

どうして、花音だったんだろう。

これからも、ずっとそう思う。

花音じゃなきゃいけない理由を教えてほしい。

「花音に会いたい。会って、しけた顔してんじゃないわよ、って言ってほしい」

「ぼくは…生き返ってほしいです」

絶対に叶わないこと。

「そうだな。生き返ってほしいな」

「会いたい…です…」

花音に会いたい。

「俺も会いたい」

「泣いても…いいですか…?」

「もちろん」

竜太がやさしくそう言って、楓月をますます強く抱きしめてくれた。

「好きなだけ泣け。俺がついてる」

楓月は竜太にしがみついて、わんわん泣いた。

こんなに涙が残ってたんだ。樹に隠れて、結構、泣いてたのに。

自分でも驚くぐらい涙が止まらなくて。

その間ずっと、竜太が楓月の髪を撫でてくれていた。


「すみません…」

楓月は腫れたまぶたを保冷剤で冷やしながら、そう謝った。

「どうして謝るんだ？」

「ご迷惑をかけて」

「別に迷惑なんてかけられてない。花音の弟は、俺にとっても弟みたいなものだ」

そう言ってもらえると、なんだかすごくくすぐったい。

もちろん、それ以上に嬉しい。

花音がつないでくれた縁だ。

「竜太さんは、花音とどこで知り合ったんですか？」

「大学の同級生って言わなかったっけ？」

「どうでしょう。覚えてないです。二回目だったらすみません」

今日はいろんなことがあって、脳も疲れ切っている。

「いや、いいんだけどな。花音とは大学一年のときにおなじ学部でおなじクラスで、専攻もおんなじで、ゼミも一緒で、四年間ずっと一緒だった。あわせた、とかじゃなくて、選んだものが全部おんなじっていうただの偶然。ここまで偶然がつづくなんて運命みたいだね、って花音は言ってたな」

つきあってたんだろうか。

やっぱり、気になる。

でも、聞けない。そこには、楓月が踏み込むべきじゃない。

「大学を卒業してからも？」

「いや、おたがいに仕事があったから、半年に一回会うか会わないか、ぐらいだな。家が近いとかならまだしも、結構、遠いし。で、メール一本で本当に姿を隠して、二年ぐらい会わないどころか一切連絡もなくて。街で偶然会ったら、子供が産まれてた。ホント、花音っておもしろいやつだったな」

竜太がくすりと笑った。

「おもしろい人でした。…過去形なんですよね」

「現在形でもいいと思うけどな。生きてたら、あいつ、おもしろいだろ」

「そうですね」

全部自分で決めて、自分の責任で行動して、自由であることを最優先して、かといって、他人に迷惑をかけるようなことはしない。

魅力的で、だれからも愛されていた。花音のお葬式には、本当にたくさんの人が来てくれた。みんな、泣いてた。

早すぎる。もっとたくさん話したかった。もっともっと楽しいことをしたかった。

楓月のところへ来て、全員が涙ながらにそう言ってくれた。

きっと、花音は喜んでいたはず。

わたしが話すと、みんな、笑ってくれるの。それが嬉しい。だって、人を笑顔にできるってすごいことだよね。

いつも、そんなことを言ってたから。

「竜太さんも寂しいですか？」

「花音がいなくて？　そりゃ、寂しいけどさ。俺、葬式に出てないから実感が湧いてないんだよ。そのうち、ひょっこり現れそうな気がしてる。花音の死っていうのが本音では受け入れられなくて逃げてるだけなんだけど。まあ、それでいいかな、って。だって、ホントにひょっこり現れたときに、よっ！　って元気に言ってやりたいじゃん」

「それは幽霊みたいなことですか？」

「そう。あいつならやりそうじゃね？」

竜太が目を細めた。

「そうですね。やりそうです」

もし、花音が、よっ！　って元気に現れたら、楓月も普通にあいさつを返すだろう。

花音、どこ行ってたの？　と無邪気に聞くだろう。

夢でもいい。幽霊でもいい。会いたい。

毎日のように、そう考えている。

「あの、ところで、竜太さんってお仕事はしてらっしゃるんですよね？」

「してるよ。なんでだ？」

「ということは、樹を預けるって無理じゃないですか？」

竜太は有給があるだろうけど、わざわざ樹のために使ってもらうのも申し訳ない。

「一年間、海外に行ってただろ？　しばらくはそこで学んだことをまとめるだけ。うちの会社、そういう点は融通が効くんだよ。もちろん、出社はするし、何かほかの仕事があればやるけど、だいたい午前中で終わって、あとは帰って書類作り。だから、夕方、保育園に迎えに行くのは平気だし、突発的な迎えも行ける。迎えの時間まではここで仕事してるから、部屋があるとありがたい」

「あ、お部屋は用意してあります。個室です。もともとはぼくの部屋だったので必要なものは全部あると思いますけど、足りなかったら言ってください。エアコンとかは遠慮せずに使ってくださいね。まだまだ寒いですし」

春といっても、この時期、朝晩はまだ冷える。お昼でも寒いときはある。

「サンキュ。ところで、Wi-Fiって飛んでる？」

「あ、飛んでます、飛んでます。セキュリティコードお教えしますね」

楓月はメモ用紙を渡した。いちいちルーターの小さな字を見るのが面倒で、メモに書いて置いてある。竜太はそれを受け取って、スマホを操作した。

「お、つながった。これで、ギガ使わずにすむ。助かった」

「いえ、そんなものでよければいくらでも」

これから、樹ともどもお世話になるんだし。

「えーっと、じゃあ、明日、午前中には必要なものを持ってくる。合鍵ある？」

「あります、あります！」

「楓月って、二回言うの癖？」

「え、二回言ってます？」

全然、自覚がなかった。

「いま、たてつづけに言ってたから。でも、これまでは特に気にならなかったし、いまだけか」「二回繰り返すのって、あんまりよくないですよね。気をつけます」

「いや、かわいいな、と思って。張り切ってる感じがして、なんか、かわいく感じたから。あ、かわいいって、ほめ言葉じゃないか。言われても嬉しくないよな」

「え…っと…」

頬が熱くなるのを、どうにかとめたい。かわいいって言われて、嬉しい、と思ってしまっている。

一人で樹を育てることになって、だれにも頼れなかった。しっかりしなきゃいけない、とずっと思っていた。

協力してくれる友達はいても、毎日のように保育園に迎えに行って預かっといて、なんて頼めない。だって、だれも子育てをしたことがないのだ。他人の子供を預かるなんて荷が重すぎる。

本当に緊急なときだけ頼みこんで迎えに行ってもらって、三十分か一時間ぐらい預かってくれるだけでものすごく助かっている。あとは、休日に公園で一緒に遊んでくれたり、おやつやおもちゃを持って遊びにきてくれたり。

うん、いい友達ばかり。すごく恵まれてる。

それでも、やっぱり遠慮はする。子供を預けられるのがどれだけ大変か、身を持って経験しているから。

なのに、竜太になら任せられると思ってしまう。

どうしてだろう。今日、会ったばかりで、人となりとかまったく知らないのに。

樹が笑顔で話しかけて、ずっと竜太のそばを離れないから、というのはもちろんあるとしても、楓月の性格なら、ちょっとは警戒しそうなものなのに。

「なんか警戒してる？」

「いえ！　樹があそこまで竜太さんを好きなので、全然！　まったく！　警戒なんてしてません！」

どうして考えてることを読まれたんだろう。

「俺は、かわいい、って言ったことに対して警戒してる？　って聞いたんだけど」

竜太がぷっと噴き出した。

「楓月っておもしろいな」

「あ、それですか。いえ、そっちも警戒してないです。かわいいはほめ言葉です。嬉しいです。ありがとうございます」

花音がよく、かわいいね、って言ってくれていた。それが、とても嬉しくて、ものすごく安心した。

弟でいていい、と。花音に頼っていい、と、そう思えたから。

「そっか。じゃあ、ちょくちょく言うわ」

「そんなにかわいくないですよ！」

ちょくちょく言われるほどではない、と思う。

「かわいいと思ったときに言う。で、樹の世話係として俺を警戒してるかどうかも聞いとこう。警戒してんの？」

「まったくです。自分でも不思議なんですけど」

ここは正直に言おう。

「本当なら用心も警戒もしなきゃならないと思うんですよね。竜太さんの存在を知らなかったんですから」

「花音は秘密主義者だからな。自分のことは全部自分で決める、だれにも相談しない、みたいなところがあるだろ？」

「そうですね」

花音が大学に行ってからの友人はだれも知らない。家に連れてきたこともないし、教えてももらっていない。それは彼氏もおんなじ。

だから、竜太がモトカレから親友になったのか、ずっと親友なのかすらわからない。一生、わからないまま。

ちくん。

なぜか胸が痛んだ。

おかしいな。食べすぎたかな？　痛いのは胸かと思ったら胃だった、みたいなことってよくある。

「俺が花音の親友っていう証拠はない。でも、花音の忘れ形見を傷つけるようなことはしないし、樹のことはものすごくかわいがる。楓月が不安だったり警戒したりするなら、それはそれでしょうがないと思う」

「あの、だから、警戒はしてないんです。竜太さんに樹のお世話をしてほしいです。ただ、ぼくは花音とちがって用心深い性格なので、こんなにすぐに初対面の人に気を許すことがなくて。自分でとまどってます」

「すっごい正直でいいな」

竜太がくすりと笑う。

「俺が楓月の立場だったら、しばらく一緒にいて、どうするか見張って、それで信用できるってなったらお願いするかな。一週間とかお試しでやってみる？」

「いえ、大丈夫です。花音の親友であることも、樹を任せても大丈夫なことも、なぜか確信してるんで…花音に似てるんだ！」

まとっている雰囲気が花音に似てる。だから、こんなにすっと受け入れられたのだ。

「あ、やっぱり？　よく言われてた。性格がそっくりって。実は全然ちがうんだけどな。自由人なところが似てるのかも」

「なんて言うんでしょうね、どこにも所属してない感じが似てます」

花音にはそういうところがあった。きちんと地に足をつけてばりばり働いてるのに、どこか浮世離れしている。

竜太もそう見える。

「お、すごい。それ、言い得て妙かも。どこにも所属してない、か。いいね、気に入った。俺もさ、あんまりにもふらふらしてるから、糸の切れた凧って言われてたんだけど、でも、別に遊んで暮らしてるわけじゃないんだよ。仕事はきちんとしてて、たまに日本じゃないどこかへ行って、って感じかな。興味があるところは見てみたい。どんな国でもさ、いいとこも悪いとこもあるじゃん？　それって暮らしてみないとわからないから。まあ、一年ぐらいじゃ何にもわかんないいんだけど。それでもまったく知らないよりは知ってた方がいい。楓月はどっか行ってたんだよな？」

「ロンドンへ半年ほど留学しました」

あの時間はとても大切。いろいろなことを学んだ。

「そっか、ロンドンか、いいな。また行こうかな」

竜太も行ったことがあるんだ。

こういうことで親近感が湧くのは自然だよね？

「ロンドンには何をしに行かれたんですか？」

「グリニッジ天文台を観にいった」

「グリニッジ天文台？」

あの標準時刻のところ？

「そう。世界の標準時に立ってみたくて。ま、ほかにもいろいろ観たけどさ。なるほど、ここが世界の中心か、って感慨深かった」

「そうですか」

そんなこと考えたこともない。竜太が変わってるのか、楓月がそういうものに興味がなさすぎなのか、どっちなんだろう。

「すっごい不思議そうな顔してる。かわいい」

「かわいいですか？」

やばい、顔が赤くなる。

「うん、天文台なんて観たいんだ？　って思ってるだろ」

「ちょっと思ってます。ぼくにはそんな発想がないんで」

「きょとんとしてると、すっごいあどけないな。でも、そりゃそうか。まだ二十三歳なんだもんな。幼いよな」

「竜太さんは…」

花音と同い年なら二十九歳だ。

「三十歳ぴったし。高校のとき一年留学したから、花音の一個上」

「高校のときから海外に行かれてたんですね」

「そのときは、マヤ文明のことを知りたくてメキシコに留学した」

「メキシコ！」

高校生でマヤ文明、そして、メキシコ。花音よりもよっぽど自由だ。花音は高校までは普通に家にいたし。

「どうでしたか？」

「楽しかった。マヤ文明に対する興味も満たされて、学校に戻ったら一個下のやつらと一緒に授業受けて、それも楽しかった。友達が増えるだろ」

すっごいポジティブ！　楓月とはまったく性格がちがう。

なのに、どうしてだろう、居心地が悪いとかはない。話を聞いてるのも楽しいし、いやな気持ちにも全然ならない。

すごいよね。今日初めて会った人なのに。どっちかというと人見知りな方なのに。

「って、たくさん話してるけど、そろそろ寝ないとだめなんじゃね？　明日も会社なんだろ？」

「え、いま何時…」

時計を見ると、そろそろ0時だ。

「ホントだ！　寝ないとだめです！」

睡眠時間が足りないと、仕事するのにも支障が出る。それに、今日は早退したので明日は早めに行こうと思っていた。

それも忘れてた。

「あの、明日、保育園へ預けるのをお願いしていいですか？　朝ごはんは作っておきますので」

作ると言っても簡単なものだけど。おむすびと卵焼きとお味噌汁ぐらい。

「預けるのって何時から？」

「七時半からです。いつもは八時に預けて、会社に行くんですけど。明日はもっと早めに行こうかと」

始業は九時半だけど、八時半には会社に着いて仕事をするようにしていた。

「早退したから？」

「そうです。普通に行ったら、あ、辞める気なんだな、って思われるじゃないですか。それがいやなので、やる気を見せます。無理に辞めさせられることはないので。子供のための早退が多いからクビってできないじゃないですか」

「まあな。そこは給料も出てないんだし」

「そうですね。だからといって、好きにしていいってわけじゃないのはわかってます。ぼくが早退することで迷惑をかけているのも。でも、やっぱり、樹が一番大事なんです。樹だけは失いたくないんです」

家族と呼べる人たちはほぼ全員いなくなった。樹だけが唯一の家族。

大事に決まってる。大切に決まってる。

仕事と樹、どちらかしか選べないなら樹だけど。両方選べるのなら選びたい。

仕事のためにロンドンに留学して、そのときの知識はいま役に立っている。

だから、簡単にあきらめたくない。

竜太が現れて、樹の世話を引き受けてくれた。

それはもしかしたら、花音が天国から助けてくれたのかもしれない。

ただの偶然だとしても、もとは花音が竜太に助けを求めて、半年間、一緒に子育てをしたからこそ、竜太に預けるのになんの不安もなくいられる。

どっちにしろ、花音のおかげ。

ありがとう、と楓月は心の中でつぶやいた。

困ったときはいつも助けてくれてありがとう。

「大丈夫」

竜太が、ぐしゃっ、と楓月の髪を撫でた。

頬が熱くなるのはどうしてだろう。

「失わないし、失わせない。仕事も失わせない。花音に頼まれたからもあるけど、楓月が気に入ったから、全力で助ける。だから、張り切って仕事してこい。年度が変われば有給休暇はもらえるんだし、あと半年は俺がいるから早退しなくてすむ。そのあとは堂々と有給使えばいい」

「はい！　がんばります！」

あ、そうか、半年なんだ。

そのことを、どうして、こんなに残念に思うのだろう。

今日は自分の感情がよくわからない。落ち込んだり、喜んだり、泣いたり、笑ったり、いろんなことを一気に経験したからだろうか。

「じゃあ、寝るか」

「はい。部屋にご案内しますね」

カップは明日の朝、洗えばいい。シンクに置いて、寝る支度をして、二人で階段を上がる。

トントントン、と自分以外の足音が聞こえるのが、とても安心する。

竜太はすごい。樹だけじゃなく、楓月の心もつかんでしまった。

それは、竜太のおおらかさとかやさしさとか包容力とか、そういったものが原因なんだろう。

「ここです」

「お、ちゃんとした部屋だ。前はリビングで寝てたんだよ」

「え、どうしてですか？」

「ソファーベッドを二階に持ってあがるのがめんどくさいから、って言われてさ。たしかに、俺もめんどくさいし、二階と一階で離れてるとテレビ見てる音とかあんまり気になんないかな、と思って。ま、そんなに大きくはしないけど、樹の睡眠の邪魔すると悪いじゃん？」

「ぼくの部屋を使ったりはしなかったんですか？」

ベッドもあるし、生活必需品は全部そろってたのに。

「花音が使わせると思うか？」

「使わせないでしょうね」

そういうところはきっちりしている。楓月だって、花音の部屋にだれかを泊めたくはない。

「だから、この部屋に入るの初めてだ。いいのか、使って」

「ぼくは寝室を移したんで使ってください。何か必要なものがあれば、言ってくだされればすぐに買います」

「しばらく住んでみないとわかんないけど、ホントに必要なものがあったら言う」

「はい、わかりました」

遠慮しないところもいい。樹のお世話をしてもらうのに遠慮までされたら、申し訳なさすぎる。

「じゃあ、おやすみなさい」

「うん、おやすみ」

竜太がぐしゃぐしゃと楓月の髪を撫でた。すごくやさしいまなざしで見つめてくれる。

癖なのかな？

そう思いつつも、頬が熱くなる。心臓がドキドキする。

これは何だろう。

こうやって髪を撫でられるのがひさしぶりだからだろうか。竜太の顔がかっこよすぎるからだろうか。

それとも、別の原因？

楓月はそっと胸を押さえた。

どくどくどく。

心臓が脈打っている。

「どうした？」

「どうもしてないです」

楓月は平静を装う。

髪を撫でられてドキドキしてます、なんて言えるわけがない。

「そっか。じゃあ、いい夢を」

「竜太さんも、いい夢を」

こんなセリフをさらっと言ってかっこいいなんて、本当にずるいよね。

ぺこりとおじぎをしたのは、顔が赤くなってたから。

そのまま、竜太の寝室を辞した。竜太は笑っていたけど気にしない。

自分の寝室に入ると、ちょうど樹が寝がえりを打っていた。

かわいい。

「おやすみ、樹」

いい夢を。

4

「楓月、楓月、楓月！」

ただいま、と言う前に樹が飛びついてきた。

「すごい歓迎だね。ただいま」

「今日ね、こいのぼりだったよ！」

「ああ、そうか」

保育園では子供の日を先立って祝ってくれる。ゴールデンウィーク中はお休みの子も多いからね。

楓月はカレンダー通りに出社で最高で四連休しかない。そこは旅行に行こうと竜太と決めていた。

まだあと一週間以上ある。それを楽しみに、いまは仕事をがんばっているところだ。

「ぼくはこいのぼりないの？」

「あるよ。子供の日になったら飾ろうね」

「あるんだ！」

「去年も飾ったよ。覚えてないかな？」

「忘れたー！」

「だろうね。あんまり興味持ってなかった」

そろそろこいのぼりとか兜に興味を示すかも、と花音と張り切って飾ったのに、樹はなんの関心も示さなかった。

子供の日の食事って何を作るもの？

わかんない。桃の節句はちらしずしとおすましだっけ？

そんな会話をしたっけ。

結局、樹が好きなミートソースとポテトサラダを作った。ミートソースには野菜がたっぷり。いつもの食事だよね、って笑ってた花音は、今年はいない。

胸が、ぎゅう、っとなって、楓月は慌てて、そこから思考をそらした。

花音のことを思い出すと、まだ涙がこぼれそうになる。樹の前では泣きたくない。

「おかえり」

竜太が顔を出した。

「ただいまです」

楓月はほっとする。

今日もいてくれた。

そのことが、なぜかとても嬉しくて、満たされたような気持ちになる。

いるのが当然なのに。

半年はサポートする。ベビーシッター代はいらない。宿代と飯代を払わないから、それで帳消し。

そんな提案をしてくれた。

さすがにいくらかは払わないと、と思っているし、時期を見て交渉するつもりではいるけれど、いまは竜太の好意に甘えている。

「あ、竜ちゃんがきた！　じゃあ、ぼく、戻るね」

「おうよ」

ごはんを食べる前の三十分は樹のテレビタイムだ。

この三十分を樹はとても楽しみにしていて、今日は何を見ようかな？　って朝から言うこともあるぐらいだ。

「今日は筍ごはんにした。ちょうど安かったからな」

「わ、嬉しいです！　そういえば筍ごはん食べたいな、今度の週末に作ろうかな、と思ってたんですよ」

平日は朝食が楓月、夕食が竜太の担当で、週末は土曜が竜太、日曜が楓月となっている。まだ小さい樹を連れて外食はいろいろと大変なのでほぼ自炊だ。楓月も竜太も料理が好きで、まったく苦にならない。たまに週末にデリバリーをすることもあって、それはそれで楽しい。

「買い物に行ったら安かったから。一個買うと、筍ごはんだけじゃなくて、煮物とか、ほかの料理も使えるだろ？　あく抜きして茹でたやつ、なんか使う？」

「使います！　ぼく、お寿司にするんですよ」

「筍を？」

「はい。フキと一緒に五目ずしみたいな感じで」

「お、うまそう」

「日曜に作りますね」

「楽しみだな」

竜太がにこっと笑った。

「味噌汁に入れてもうまいぞ」

「あ、おいしいですよね。明日の朝にでもしましょうか」

「いいな。じゃあ、よろしく」

こうやって献立の相談をしていると、だれかと一緒に暮らしてるんだな、とすごく思う。それをこんなにも嬉しく感じるのはなぜだろう。

食材をうまく使い回せるからだろうか。別の理由な気もするけど、あまり深くは考えまい。

食材の買い出しは平日は竜太がしてくれる。樹を迎えに行く前だったり、たまには樹と一緒にだったり、スーパーに行くのが楽しいらしい。それもとてもありがたい。

週末は楓月が買い出し係だ。お米やミネラルウォーター、その他、かさばるものはネットスーパーに頼んでいるので、ただ単にスーパーに買い物に行きたいだけ。これまではなるべく回数を少なくするためにある程度、まとめて買っていたけれど、その日に安いものを、あ、これ、いいな、と思いながら、ゆっくりのんびり買い物するのは楽しい。

時間に余裕があるから、心にまで余裕が出てくる。棚をのんびり眺めて、新商品だ、買ってみようかな、とか考えることもできる。

これもすべて竜太のおかげ。

竜太はこの半年、時短出社のままだと聞いていた。なので、四時には保育園に樹を迎えに行ってくれる。楓月がいない間は竜太が保育園への送り迎えをしていたとのことで、竜太が迎えに行くことを説明しても、ああ、あのいとこの方ですね、いろいろと大変ですもんね、と深く同情された。どうやら、竜太は花音の（そして、もちろん楓月も）いとこになっているらしい。

まあね、赤の他人ですけど親友です、とかじゃ、向こうも許可してくれないよね。

楓月が朝、樹を預けに行くと、ほかのお母さんたちや保育園の先生からも竜太のことをよく聞かれる。

いとこさん、独身なの？

この質問が一番多い。

彼女はいるの？　何をしてらっしゃるの？　こっちに戻って、しばらく一緒に樹くんの面倒を見るの？

そりゃ、あんなにかっこいい人のこと知りたいのはよくわかるけどね。ぼくは一回もそんなこと聞かれたことないよ！　せめて、あなたはどうなの？　ぐらい、社交辞令でいいから聞いてくれないかな。

そんなことを内心で思いながらも、結婚はしてません、ほかのことはわからないです、そういう踏み込んだ話はしないので、と笑顔でかわしている。

だって、本当に知らないし。

でも、彼女とかいたら、住み込みでお世話係なんてやってくれないだろう。それとも、半年ぐらい会わなくても大丈夫な彼女がいるのかな？

楓月が知っているのは、毎日、きちんと樹を迎えに行ってくれて、そのあとはずっと家にいることと、週末も遊びに行ったりしないこと。

週末は一人でも大丈夫なんで、友達と遊ぶこととかあれば自由に出かけてくださいね。

折に触れ、そう言ってはいるんだけど、大丈夫、と答えられるだけ。

どう大丈夫なのか。この半年は友人と会うのを我慢するけど大丈夫、なのか、そんなに会う友人はいないから大丈夫、なのか。

そう、楓月だって竜太のことを知りたい。

一緒に暮らすようになって二ヶ月が過ぎ、とても穏やかな日々を送っている。

一人で樹の面倒を見て、家では樹としかしゃべらず、会社では失敗しないように気を張って、花音が亡くなって以降、同僚と気軽におしゃべりもできなくなった。たぶん、向こうも若くして身内を全員亡くした楓月にどう接していいのかわからないのだろう。

昼食は家で具だくさんのおにぎりを作っていって（一気に栄養を取るためにいろんなものを入れていた）、それを仕事をしながら食べていたし、いつの間にか、みんなでごはんに行こう、と誘われなくなってしまった。

とにかく、仕事面では迷惑をかけたくない。いつ早退するかわからないから、仕事を進めたい。

そればかり考えて、先輩や同期に話すのも仕事関係のことばかりだった。

それがいまは、お昼にみんなでごはんを食べに行くことができている。先輩が、いろいろあったけど、まあよかったな、とおごってくれたり、同期が、助けられなくて悪かったな、とおごってくれたり。本当にありがたい。

いつか、自分が逆の立場になったら、絶対にこの人たちを支えよう、と心から思う。

新入社員で、自分では仕事ができる方だと思っていても、先輩たちに比べたらはるかに及ばない。足りないところばかりだ。

そういうことも、自分の環境が落ち着いてきてようやくわかるようになってきた。

課長には、ベビーシッターを雇いました、と告げた。

だから、もうご迷惑はかけません。早退もしません。辞めません。

そうつづけると、課長はじっと楓月を見て、わかった、とつぶやいた。

それで十分。課長だって、課長の仕事をしただけ。

仕事はやっぱり楽しい。

それとおなじぐらい、ううん、それ以上に家が楽しい。

それは竜太がいてくれるから。

樹と二人きりで生きていく。

そう決めたときにはわからなかったこと。

自分の気持ちをだれにも聞いてもらえない。

それはかなり苦しかったんだな、といまになって思う。

花音とは本当にたくさんたくさん話をしていた。両親がいなくなって、花音は親代わりであり、姉であり、親友になった。

楓月は全面的に花音に頼り、花音は楓月を全力で守ってくれた。

楓月が樹を育てようと決意して、まだ半年ちょっとしかたってないのに、その責任の重さに押しつぶされそうになるときがある。

花音は、どれだけ怖かっただろう。

自分の責任で中学生の弟が少なくとも成人するまでは育てる、と決意するまでに、どれだけ悩んだだろう。

そのときの花音はいまの楓月より年下だった。そう思うだけで、自然と涙がこぼれる。

すべてを引き受けてくれてありがとう。いつも笑っててくれてありがとう。だめなことをしたときは叱ってくれてありがとう。悩みを聞いてくれてありがとう。お父さんとお母さんに会いたい、って泣いたときには、わたしも会いたいよ、って一緒に泣いてくれてありがとう。

それを伝えることができないのがつらい。

自分が花音と似たような立場になってしかわからないことがある。そして、わかったときにはもう感謝を告げる手段がない。

大丈夫、わかってるよ。

花音はそう思ってくれているだろうか。笑ってくれているだろうか。

両親と花音で、いいから樹をちゃんと育てて！　ってはらはらしてるだろうか。

気持ちを伝えられないのは、とても苦しくてつらい。気づいたときには遅いなんてこと、わかってるつもりでもまったくわかってなかった。

だから、ちゃんと感謝の言葉を口にしないと。

明日が今日とおんなじ日だなんてことはない。

それは楓月が一番よくわかっている。

「竜太さん」

「ん？」

こういう聞き返し方がやさしい。

「今日もいろいろありがとうございます。おかげで、ぼくは仕事ができています。家に帰ってきても楽しいです。竜太さんは不便なこととかないですか？　本当に週末は休んでいただいていいんですよ？」

うちにいなくても、外で友達と遊んでくれていい。海外の住み込むのベビーシッターだって、週に一日はかならず休みがあると聞いた。

「そう言ってくれるのは嬉しいしありがたいけど、俺は自分の好きなことしかやんないから気にすんな。花音に約束したから、っていうのは、もちろん、あるけどさ。楓月がやなやつだったら、住み込みなんかしない。樹の迎えをして、楓月が帰ってくるのを待って、じゃあな、バイバイ、ってやってる」

「それは…とっても嬉しいです」

こうやって、自分を認めてもらえるのはありがたい。

「あと、毎日そんなに礼を言わなくてもいい。こっちもさ、なんか恐縮するっていうか、そういうの慣れてないっていうか。くすぐったい感じがするからさ。そこまで気を使うな」

「気を使ってるわけじゃないです。ぼくも自分の好きなことしかやりません。お礼を言いたいな、と思ったら言うだけです。だって、竜太さん、自分の生活を犠牲にしてまでここにいてくれてるわけじゃないですか？　好きなことをしてるのかもしれないですけど、それでも、他人の家に住むのって窮屈ですよね？　竜太さん、自分の家があるわけですし」

「まあな。使い勝手とかは自分ちの方がいいけどさ。もう二ヶ月近くここにいるから、さすがに慣れてきた。自分の部屋もあるし、何かしたきゃ、そこにこもってればいい」

「こもってませんよね？」

だいたいリビングにいてくれる。そして、樹と遊んでくれる。

「いや、だってさ、昼間は一人で仕事してて、その日の仕事の進捗具合をメールに添付して送って、向こうからは、了解です、って返事がくるだけの日々を送ってみろ。樹と遊ぶのがどれだけ楽しいか。だって、樹はしゃべるだろ」

「そうですね。しゃべりますね。うるさいほどに」

「うるさくないよ！」

テレビを見ていたはずの樹が反論してきた。

「聞こえてた？」

「聞こえた。いまね、テレビが終わったの」

あ、本当だ。録画の再生が終わってる。

「じゃあ、ごはんにしよう。手を洗ってくるから、樹は座ってて」

「はーい！　今日は何？」

「筍ごはんだって。嬉しいね」

「筍ごはん？」

あ、そうか。筍を食べるのも一年ぶりだっけ。

「おいしいもの」

樹は好きだっただろうか。それはちょっと覚えてない。季節ものはそんなに何度も食べるわけじゃないし、まったく食べられなかった、とかじゃないと記憶には残ってない。

普通に食べてたか、好きだったか、ちょっと苦手か、さあ、どれだろう。

「おいしいんだ！　楽しみ」

「樹、筍食べたことないんだ？」

「ぼく、ないの？」

「去年も作ったので、食べてはいます。でも、もしだめだったらストックがあるので平気です」

子供の好ききらいは、ある日突然、変化したりする。昨日まで大好きだったものを、やだ！と言って食べなくなる。どうしていやなのか、そういった説明は、いくら口が達者な樹でもできない。

食感が、とか、匂いが、とか、味が、とか、そういうのがわかるのはもっと大きくなってからだ。

だから、いやだ、と言ったら、ああ、どこかがだめになったんだな、と納得することにした。

きらいなものを無理に食べさせたりしない。どうしても食べなければならないものなんてない。足りない栄養素は別の食品で補えばいい。

樹はいろんなものをよく食べてくれる。知らないからいや、見たことないから食べたくない、っていうこともない。

それでも、たまに、どれもいやだ！　っていうときがあって、そこはストックの出番。樹の大好物をいくつか用意している。絶対に食べてくれるのは冷凍食品のパンケーキ。レンジであったためて、たっぷりバターとハチミツをかけてあげると、はくはく、とおいしそうに食べてくれる。それまでずっと、いやだ！　しか言わなかったりするから、食べてくれるだけでありがたい。

「ぼく、食べるー」

「樹はいつも食べるもんね。いい子、いい子」

頭を撫でると、樹がにこっと笑った。

かわいい。

「はい、座っててね。竜太さんの言うことを聞くんだよ。それじゃあ、ちょっと手を洗いに行ってきます」

ついでに着替えないと。さすがにスーツで食事はしたくない。

家に帰ったら筍ごはんができてる。

それって、すごいことだよね。本当にありがたい。

竜太がきてくれてから、楓月は精神的にも楽になった。

でも、その分、竜太に負担がかかっていないか、それはいつも気になっている。

今日はその話をしようかな。

樹が眠ったあとであったかい飲み物を飲みながら竜太とおしゃべりをするのが、いまの楓月の最大の楽しみになっている。

だれかが家にいるってすごくいい。

とてもとても楽しい。


「あの、竜太さん」

今日は緑茶にした。その日の気分で飲み物は変わる。お茶菓子は豆を甘く煮てお砂糖がまぶしてあるやつ。名前をいつも覚えられない。近所においしい和菓子屋さんがあって、そこで買ってきた。袋にお菓子名とか印刷されていない、本当に素朴なお店で、そこがとても気に入っている。

お茶と豆菓子ってほっとする組み合わせ。

「なんだ、改まって」

竜太が豆菓子を食べた。

「お、これ、うまい！」

「おいしいんですよ！　ぼくはすごく好きなんですけど、花音は、豆を甘くするとか許せない、豆製品といえば豆腐か納豆でしょ、な人だったので、竜太さん、食べたことないんですね」

楓月もひさしぶりに買った。樹があまり和菓子を好んで食べないので、ここしばらく行ってなかったのだ。

余裕がなかったんだな、と思う。

そして、このお店を思い出すほど余裕が出てきたんだ、とも。

それもすべて竜太のおかげ。

「へー、そうなんだ。知らなかった」

「そういう話はしないんですか？」

「豆が甘いのは許せない、とかはしてない。ってことは、アンコもだめなのか？」

「それが、アンコは食べられるんです。おかしいですよね。それも甘い豆だよ！　って言ったら、豆っぽくないからいいの、って。意味がわからないです」

「トマトはダメだけどケチャップなら食える、みたいな話だろ、たぶん」

「あー、なるほど」

そういう人、結構いる。

「竜太さんは好ききらいありますか？」

「ない。俺、好奇心が強いからさ。なんでも食べたいし、現地では現地の人が食べてるものがいい。虫とかも平気」

「わ、虫はだめです、ぼくは」

さすがに、あの形のままのものいやだ。

「うまくはないんだけど、出されたら食べる。自分で買ってまでは食べない。そんな感じ」

「なるほど」

好意で出されたら一口ぐらいは食べてみるかも。だって、断るのも申し訳ないし。

「あ、そうじゃないんです。あのですね、竜太さん」

「真面目な話を避けようと思ったのに」

竜太がにやりと笑った。

「え、いやですか？」

「別にいやじゃないけど、どうせ、あれだろ。迷惑かけてないですか？　とか、そういう話だろ？」

「あ、ちがいます」

「ちがうのか。じゃあ、いいや。あ、ついでに言っとくけど、迷惑はかかってない。どこかに行く用件があれば好きに行く。俺がこの家にいるのは俺の意思。わかったか？」

「はい。嬉しいです」

そうやって、ちゃんと言ってくれるのはありがたい。

「で、なんだ？」

「あのですね、竜太さんにお給料を払わなきゃいけないと思うんですよ」

「どっちにしろ、めんどくさい話だった。いらない、いらない、っての」

「お金はあって困るものじゃないですよ？」

いらない、と言われるのは想定内だ。

「あって困るものじゃないけど、別に足りなくて困ってるわけでもないし。食費も家賃もかからなくて、会社から給料がもらえてて、家にいるから金の使い道もなくて、貯まる一方だ。だから、いらない」

「労働には対価が支払われるべきなんです」

楓月はじっと竜太を見つめた。

「目がでっかいな」

竜太がくすりと笑う。

「吸い込まれそう」

「からかわないでください」

楓月は目を伏せた。

竜太に言われて、楓月は顔をあげる。竜太が楓月のあごに手を添えた。

「こっち見てみ？」

「なんですか？」

楓月はきょとんとする。

「顔はちっちゃいんだな、と思ってさ」

「そうなんですよね…」

顔が小さくて目が大きいから童顔に見えるんですかね？

そうつづけようとした言葉は消えてしまった。

正確に言えば、発することができなかった。

唇をふさがれたからだ。

それも、竜太の唇で。

え？　え？　え？

楓月は混乱する。

これって…もしかして…キス…されてる？

竜太がやわらかく楓月の唇を吸いあげた。ちゅう、という音も聞こえる。

どうして？

楓月は目を閉じることもできず、ただ、間近にある竜太を見ていた。竜太も目を開けている。

その視線がいたずらっぽい感じで、あ、からかわれてるんだ、と思った。

どうしてわからないけど、キスして遊んでるんだ。

楓月は、ドン、と竜太を押し返した。

「何するんですか！」

「よけいなことばっか言うからふさごうかな、と。つぎに給料出すって言ったら、もっとすごいことするから」

「もっとすごいこと…」

ぱっと顔が赤くなる。

「あ、やらしいこと考えただろ」

「竜太さん！　からかうのやめてください！」

だって、もっとすごいこととか言うから！

「そうだな、楓月が想像してるよりももっとやらしいことしよう。されたくなければ、金のことは言うな。だいたい、おまえより長く会社勤めしてる俺のが金を持ってる」

「でも…！」

竜太がまた楓月のあごをつかんだ。

「わかりました！　お言葉に甘えます！」

この人、本気でまたキスするつもりだった！

「もー、びっくりさせないでください。あ、キスされた！」

「え、いま？」

竜太が目を丸くしてから、ぷっと噴き出す。

「おまえ、おもしろいな。普通はさ、何するんですか！　って俺を殴ったりするんじゃねえの？　だって、キスだぞ、キス」

「殴っても、キスされた事実は消えないわけじゃないですか？　それに、人を殴るとかしたくないです」

それにそれに…。

これは絶対に言えないけど、いやじゃなかった。

どうしてだろう。相手は男の人で、好きなわけでもつきあってるわけでもなくて、普通ならいやな気持ちになるものなのに。

竜太の唇はしっとりしてた。

そんなことまで覚えている。

「まあ、そうだけどさ。あ、ファーストキスとかじゃないよな？」

「ちがいます」

過去におつきあいした人はいた。それなりの経験はしてる。

ただ、そのおつきあいがはるか昔すぎて、キスの感触とか忘れていた。

まるでファーストキスみたいにドキドキした。

「よかった。楓月はものすごく純情でいい子だから、これがファーストキスだったらどうしようかと」

「そういうの、してから考えるのやめてくれません？　もし、そうです、って言ったらどうしたんですか」

「そうだな。責任取って嫁にもらう」

「ぼくは男です！」

いくら童顔で、どっちかというとかわいい顔立ちだとしても、立派な男性だ。

立派かどうかは、まあ、議論の余地があるかもしれないけれど。

「じゃあ、婿にもらう？」

「もう、いいです」

軽く言われるから、どうでもよくなってきた。

「確認ですけど、お給料は払わなくていいってことですか？」

「そういうこと。つぎに話題に出したら、本気でやらしいことするから覚悟しとけ」

「前に住み込みのお世話係をしてくださったときは、花音は何もしなかったんですか？」

「え、やらしいこと？」

「ちがいます！」

そんなの聞いてどうするの！

それに、知りたくない。花音とそういう関係だったとしても隠しておいてほしい。

そういえば、竜太が樹の父親なのかどうか、という疑惑もまだ残ってる。

でも、知りたくない。

どうしてだろう。花音と竜太の本当の関係なんてどうでもいいからだろうか。それとも、ちがう理由？　ちがうとしたら、それは何？

自分の心の奥を探ると、なんだか、とんでもないものが出てきそうで、いつも楓月はそこで蓋をする。

考えない。考えちゃいけない。

約束の半年が終われば、竜太はここからいなくなる。よけいなことは知らなくていい。

ずきん。

なぜか、胸がうずいた。

それがなぜなのかも考えない。

「竜太さんにお礼ですよ」

「いまとおんなじ条件。家賃と食費がタダ」

「竜太さん、おうちはないんですか？」

そういえば、それを聞いてなかった。もし、どこかに借りてるなら、そっちの家賃は竜太が払ってることになる。

「実家住み」

「え、そうなんですね。ご家族は心配してません？」

「三十歳になる男を心配してどうする」

それはたしかに。

「一人暮らしをしようとは思わないんですか？」

その年齢まで親と一緒だと…別に全然いいか。楓月だって、両親が生きていたら、きっと結婚するまで実家に住んでた。だって、場所的にとても便利だし、家賃がもったいない。家にお金は入れただろうけど。

「まあ、いろいろ事情があって」

「そうですか」

その人にはその人なりの事情がある。そこは聞くまい。

「前回もここから会社に？」

「いや、そのときは転職…みたいなものをするための期間で、自分でいろいろ動かなきゃならなかったから、会社勤めはしてない。つぎの会社は決まってるけど、まだ行けない、みたいな感じかな」

「そこを花音に狙われたんですね」

「ちがう。あいつは俺の事情なんてどうでもよくて、ただ大変だから助けろ、って言ってきた。そういうやつだ」

憮然とした表情を浮かべてから、ふわっと笑った。

その表情の変化に、楓月はどきどきする。

すごいね。竜太さんって本当に魅力的。同性のぼくですら、こんなにときめくんだから。

「そんなわがままで自由なところが好きだった。過去形なのは寂しいな」

「寂しいです」

そう、人が死ぬと過去形になってしまう。

花音は楽しい人だった。花音は自由だった。花音はよく笑っていた。

全部、過去の話。

いまの花音に会いたい。現在形の花音が恋しい。

もう二度と会えない、ということが、無性に悔しくて悲しい。

「そのとき会社に勤めてたらどうしたんですか？」

「どうしたんだろうな。できるだけ協力はしたと思う。なんたって、ゴッドファーザーだから。でも、住み込みは無理だったかも。そういう点でも、花音は嗅覚が鋭い。たぶん、俺に時間があるってわかってたんじゃないかな」

「それか、本当に偶然だったか。花音はそういう運のよさを持ってましたからね」

「そうだな。でも、その運のよさじゃなくてさ…」

竜太の言葉はそこでとまった。

うん、わかる。

花音はたしかに運がよくて、生活のいろんな面でラッキーなことが起こったけど、最後の最後にその運のよさは働いてくれなかった。

あのとき、あの場所にいなければ事故は起こらなかった。

たとえば、一本電車に乗り遅れるとか。ちがう道を通るとか。途中で忘れものに気づいて引き返すとか。

そういった何かが起こっていれば、花音はいまも生きていた。

そこにすべての運を使ってほしかった。

花音に、ただ生きていてほしかった。

「楽しかったですか?」

「何が?」

「花音との生活」

「楽しかった。気を使う間柄じゃないから好きなこと言うし、むかっとくることもおたがいにあったけど、一緒に暮らせてよかった。親友との思い出は多い方がいいだろ」

「そうですね」

花音との思い出はたくさんある。もう増えないのは寂しいけど、それでも、こうやって竜太と話して笑いあえる。

それは、すごくすてきなことだと思う。

「楓月はさ、花音とちがって自分の気持ちを隠すから、そこは心配。俺のことばっか気づかってるけど、いやなこととかあったら言え。そうじゃないと、俺が不安になる。我慢させてばっかりなんじゃないか、って」

「我慢？」

楓月はきょとんとした。

「俺のやり方で気に入らないことがあるのに、お世話係をやってもらってるから我慢しなきゃ、とか思ってないか？」

「まったく思ってません」

楓月は、ぶんぶん、と首を横に振る。

「むしろ、竜太さんが、ぼくのやることを、とろいな、とか思ってるんじゃないかと。竜太さん、すごく要領がいいじゃないですか？　あれ、要領がいいだとほめ言葉じゃないのかな？　えっと…手際がいい、ですね」

「要領もいいし、手際もいい。そうやって、いちいち気にすんな」

ぐしゃりと髪を撫でられた。もう、それには慣れっこになっている。

だれかに髪を撫でられることなんて大人になったらまったくないので、くすぐったいような気持ちになるけど、嬉しい。

その瞬間だけ、子供に戻れる。年上の人に守ってもらってる感じがする。

「これは性格なんで直りません」

「そっか。なら、いい。俺も気にしない」

こうやってすぐにわかってくれるところは、本当にすごい。

性格とはいえ直したほうがいいぞ、とか、気にしすぎるのは大変だろう、とか、重ねて言ったりはしない。

その人にはその人のやり方や考え方がある。

それを尊重してくれるのが、すごく気楽でありがたい。

「そういうところ、とってもありがたいです。気にしないでいただけるなら、ぼくも気にしなくていいので」

「だから、気を使う…のが、楓月なんだな。じゃあ、俺は気にしないから、おまえも気にするな。ところでさ、こうやって、夜になんとなくしゃべってるけど、それも迷惑だったりするのか？　俺がしゃべるから無理やりつきあってるとか」

「え？」

楓月はびっくりしすぎて、目を真ん丸に見開いた。自分でも、ものすごく目が大きくなってるのがわかる。

「なんだ、そのでかい目は」

竜太が笑った。

「無理やりじゃないんだな」

「ぼくは、竜太さんとお話できることが楽しくてしかたないんです。花音がいなくなって、樹しか話し相手がいなかったので。樹と話すのは楽しいですけど、ほら、おませさんなので」

「おませさん、ってかわいいな。たしかに、あの年齢にしたら成長が速いっていうか、言葉が早いのか。おもしろいことばっか言うよな」

「本当に。どこで覚えたの？　みたいなことがたくさんあります。保育園で覚えるんでしょうけどね」

「だろうな。言葉はだれかとしゃべんないと学ばないからな。かといって、いっぱい話しかけてるのに言葉が遅い子もいる、って話だし。親も悩むよな」

「悩みますよね。子育てって正解がわからないじゃないですか。普通の勉強なら、問いに答えれば正解か不正解かすぐにわかりますけど、子育ての正解って、もしかしたら、一生出ないかもしれなくて。子供の性格によっていろいろなことが変わっていくから、みんながこうすればいい、みたいなのもないですし、いわゆるマニュアルっていうのが通用しないことがたくさんある。怖いですよ、すごく。ぼくがまちがったことしたら、ぼくに返ってくるんじゃなくて樹に返っていっちゃう。ときどき、ものすごく怖くて逃げ出したくなります」

「わかる」

竜太が、うんうん、とうなずいた。

「俺はさ、ものすごく楽天的な人間で、なるようになる、ケセラセラ、っていうのが信条なんだけど、子育てでそれやったら、俺じゃなくて樹が将来、大変な目にあうかもしれない、って思うと、接し方に慎重になったりはするよな」

「しますね」

楓月は、うんうんうん、と激しくうなずく。

「うちの両親も、こんな怖さを抱えて子育てしてたんですかね。それとも、なるようになる、ケセラセラ、だったんですかね。これ、語感がいいですね」

口に出すと、少し楽しくなった。

「だろ？　座右の銘に使ってる」

「ぼくは、石橋を叩いて渡らない、ぐらいの慎重さです」

「それは子育てだけ？　それとも、普通の生活でも？」

「子育てですかね。自分のこととなると、すっごい考えたあげく、もういいや、って投げ出すこともありますけど。子供は投げ出せないじゃないですか。どんなに怖くても、これが正しいんじゃないかな、って思いながら育てていくしかない。たぶん、まだ一年もたってないからだと思うんですよ」

楓月は言葉を切って、お茶を飲む。うん、おいしい。

「一人で育てるようになってから？」

「はい。これまでは、最終責任は花音が取るからいいや、って部分もあって、甘やかしてました。叔父さんとしてはきらわれたくないので」

「叔父さん！」

竜太が手を叩きながら笑った。

「そっか、叔父さんなんだ。いや、叔父、甥、って意味での叔父さんってのはわかるんだけどさ。童顔な二十三歳が叔父さんって、あまりにも似合わなすぎて笑える」

「ぼくもそう思います」

楓月は、ふふっ、と笑う。

「いまは親がわりですから。叔父さんよりもお父さんなんですよ」

「お父さんは、あんま違和感ないな。結婚できる年齢なら、みんな、お父さんになる可能性はあるわけだし。叔父さんは言葉の響きがな。年齢いってるように聞こえるんだよ」

「そうなんですよね。だから、叔父さんとは呼ばれたことないです。ずっと、名前で呼んでもらってました」

かじゅき、かじゅき、って呼ぶ、もっと幼いころの樹は、とてもかわいかった。いまだって、ものすごくかわいい。

叔父バカでいいけど、樹は何があってもかわいい。

「うん、名前呼びがいい。叔父さんも似合わないし、パパでもないもんな」

「そうなんですよ。ぼくが本当のお父さんなら、もっと怖くなかったのかな、と思うことはあります。花音の忘れ形見だから、絶対にちゃんと育てなきゃ、って気負いすぎてるのかもしれません。もっと力を抜いた方がいいんですかね」

「俺に聞くな。俺だって、わからないんだ。花音の忘れ形見だから、ってのは俺も思ってる。楓月と俺に託されたようなもんだろ？　だから、その期待には応えたいし、この時期の育て方って重要なのかな、のちの性格形成とかに関係あるのかな、って考えると、ものすごく怖くなる。だってさ、俺が何気なく言ったことが、樹に悪い影響を与えるかもしれないじゃん？」

「そうなんですよね」

楓月は、はあ、とため息をついた。

「どこかで、ピンポーンとかブーとか鳴らしてくれないかな、って思うこともあります。いまのは正解、それは不正解、って教えてくれる装置があったらいいのに、とか。花音は、なるようになるわよ、って感じだったんですよ」

「そうそう、おなじように育てたっておんなじように育つわけじゃないのは、わたしと弟と見ればわかる、とか言ってた。たしかに、性格は真逆だな」

「真逆ってほどでもないです。似てるところもあります。でも、いざ子育てとなると、自分で産んでないから、どうしても石橋を叩きすぎるっていうんでしょうかね。花音の大事なものを自分が壊しちゃいけない、っていうのは常にあります」

「あるよな。それは責任持って育てるようになって時間が短いからなのか、それとも、これからもずっとそうなのか、そういうのもわかんないわけし」

「そうなんですよ！」

思わず、大声を出してしまって、楓月ははっと口を押さえた。

「夜でした」

「ま、ちょっとぐらいでかい声出したところで、近所に聞こえるわけでもないけどな」

「たしかに」

家の敷地は結構広いし、両隣りとはそこまで近くない。リビングで一瞬、声を大きくしたぐらいなら、まったく気にならない程度だ。

「話は戻りますけど、そのうち力が抜けるようになるのかどうか、それだけでも教えてもらえたらいいんですけどね。この一年ぐらい全力で子育てすれば、あとはもう大丈夫、とかなら、全力でがんばります。そうじゃなくても、もちろん、全力でがんばりますけど、ずっとこの怖さがつづくと、それもそれで樹に悪い影響を与えそうで」

こっちが怖いって思ってることを気づかれたらだめだと思う。

「んー、そこは樹がわかる年齢になったら正直に言えばいいんじゃね？　自分がまちがってるかもしれないのが怖いから、樹にもっといい考えがあるなら教えてほしい、とかさ」

「それ、親に言われたらどう思います？」

「親も人間なんだな、って」

なるほど、そうなのか。情けないって思われるんじゃないか、と楓月は考えるから、そういったちがいもおもしろい。

「別に言わなくてもいいとも思う。楓月がちゃんと考えてやってるんなら、後悔はしないんじゃないかな。どうかな。するかな」

「どうなんでしょうね。そういうことを聞く人もいないんです」

両親が生きてたら聞けたのに。

子育てで後悔してることある？　って。

そもそも、両親が生きてたら、楓月が一人で樹を育てなくてもいい。両親が引き取って、楓月がたまに手伝ってただろう。

「楓月はいい子に育ってるから、ご両親は何もまちがってないし、後悔もしてない。そこは安心しろ」

「そうですかね」

なんだろう、ただのきれいごとかもしれないのに、竜太に言われるとすっと納得してしまう。

嬉しいし、ありがたい。

「そうだ」

断言されたら、もっと安心する。

「ありがとうございます。あ、こんな時間だ。そろそろ寝ましょうか」

明日も朝が早い。

「あの、竜太さん」

「なんだ？」

「本当にありがとうございます。あの日、竜太さんに会えたことが、ぼくの人生において一番よかったことです」

「すんごい告白してくるな。俺、おまえの運命の相手？」

「ちがいます、ちがいます！」

楓月は、ぶんぶん、と手を振った。

「そういう意味じゃありません！　いままで悪いことばっかり起きてたから…」

「冗談だって」

ぽんぽんぽん。

頭を撫でられると、やっぱりほっとする。

どうしてだろう。

「俺も、楓月が仕事を辞めなきゃいけなくなる前に出会えてよかった。間に合ってよかった。花音は間に合わなかったからな」

竜太がしんみりした口調でつぶやいた。

「ま、あいつが俺に死に顔を見せたくなかったんだろう、って思うことにしてる。どうしてもさ、間に合わないことってあるじゃん？」

「はい」

楓月だって間に合わなかった。看取ることすらできなかった。

親も、花音も。

大切な人はだれ一人、間に合ってない。

「だから、あっちに行ったら、俺が帰国するまで待てなかったのか、って怒鳴ろうと思って。ま、帰国したからって死なれても困るけど。生きてて欲しかったな」

「生きてて欲しかったですね」

こういうことを言える相手がいる。

それがありがたい。

「さて、俺は明日の筍の味噌汁を楽しみに寝るとするか」

「おいしいですよ。楽しみにしててください」

お茶の片づけをして、二人で階段をあがる。

おやすみなさい、と言い合って、おたがいの部屋に入った。

樹がすやすやと眠ってる。本当によく寝る子だ。

「いっぱい寝て、いっぱい大きくなるんだよ」

そっと髪を撫でた。竜太にされて自分が安心するように、樹もきっと安心してくれるだろう。

「あ、キスしたんだった」

ふいに竜太とのキスを思い出す。

いやじゃなかった。それどころか、自然にさえ思えた。

どうして？

自分に問いかけても返事なんてない。

だから、気持ちに蓋をする。

いまは悩みを増やしたくない。

竜太がいてくれてありがたい。

それだけでいい。

それ以上はいらない。

5

「ねえねえ、ここどこ！」

樹が大きな声ではしゃいでる。

「ここはね、水族館だよ」

「スイゾクカン？」

「お魚がいっぱいいるところ」

「へー。食べるの？」

「見るの」

「見るんだ！　食べたいなあ！」

そんなことをにこにこしながら言われても。楓月が噴き出した。

「見るのも楽しいよ。たぶんね」

「だって、お魚食べられなくて、見るだけでしょ？　スーパーと一緒なの？」

「全然ちがう！」

もうだめだ。おかしい。

楓月は大声で笑ってしまう。

「えー、だって、スーパーもお魚がいっぱいだよ？　竜ちゃんに、これが食べたい、って頼んでも、それは高いからだめ、って言われるから見るだけだよ？」

「だって、大トロってなあに？」

「大トロってなあに？」

「この世で一番高い魚」

「そうなんだー」

樹はごきげんで、ぶんぶん、と手を振ってる。片手を楓月、もう片方の手を竜太とつないでいた。

人が多いからね。特にゴールデンウィークなんて、どこも混み混みだ。

昨日、東京から車で九時間ちょっとかけて、とある都市までやってきた。さすがにゴールデンウィークだけあって、道路もものすごく混んでいる。空いてるときなら六時間かからないところを、東京を抜けるだけでどれだけかかったことか。

途中で休憩をかねてサービスエリアグルメを楽しみつつ、退屈がる樹にタブレットで動画を見せつつ、三人でおしゃべりしつつ、どうにかこうにかたどりついたときには全員ぐったり。渋滞していると車に乗ってるだけでも疲れる。運転してくれた竜太は、もっと疲れているはずだ。

飛行機や新幹線だと樹がじっとできないし、そもそもゴールデンウィークの切符を取るのが大変。だったら、車で移動しよう、ということになった。

行きと帰り、ちゃんと一日とって、ゆっくりと移動する。焦ったりしない。楽しく過ごすためには余裕が必要だ。

楓月も免許を持っているし、樹がもっとちっちゃいころはチャイルドシートをつけていろいろなところに連れて行ってた。

今回も交代で運転しようと提案していたけれど、竜太が、俺は運転が得意だし、ひさしぶりに長時間の運転をしたい、と言ってくれたのでまかせることにした。

帰りは交代しよう。

昨日はホテルにチェックインしておしまい。グルメの街として有名だけれど、外に出るのもめんどうでルームサービスを頼んだ。移動費があんまりかからない分、ホテルは奮発したので、ルームサービスもとてもおいしかった。子供用の食事もちゃんとあって、お子様ランチみたいなのを頼んだら、樹が大はしゃぎしてた。

そして、今日、みんなで水族館にやってきた。明日はテーマパークに行くつもり。

その翌日は移動日にして、四日間のゴールデンウィークはおしまい。

すごく楽しみにしてたから、こうやって入場のために並んでるのすら楽しい。

「大トロが泳いでるの?」

「大トロっていうか、マグロな」

「マグロ？」

「でっかい魚。それから大トロが取れるんだ」

「へー。お魚ってあの形で泳いでるんじゃないんだ？」

「ちがうな。あの形で泳いでたらすごいぞ。みんな、切り見ってことだろ」

「キリミ？」

「お魚を切った形のこと」

「切ったの！　すごいね！」

「俺が切ったんじゃない。スーパーの人…か、もしくはどっかのだれか」

「あ、動いたよ！」

「俺の話に興味を持て！」

「キリミね、キリミ」

樹が、うんうん、ってうなずいている。

「そこじゃない…のかどうかもわかんないな。まあ、いい。樹に水族館のすごさを思い知らせてやる」

「すごいの？　スーパーなのに？」

「そうだな。スーパーだけどすごいんだぞ」

「スーパーになってる！　ちがいます、ちがいます！」

さすがにスーパーと一緒にしたら水族館に失礼だ。

「あ、ちがった。スーパーじゃなくて、魚が泳いでるんだよ。もー、樹と話してると調子が狂うな」

「チョウシガクルウ？」

「いつもとちがうってこと」

「おもしろいね、竜ちゃん」

「おまえだ、おもしろいのは」

竜太と樹、二人の会話を聞いてるだけでもおもしろい。子供がいると、本当に楽しい。

「わー、どっと動いたよ！　もう入れるの？」

「入れるみたいだな。楓月、チケット持ってるんだっけ？」

「ウェブチケットなので、スマホをかざすだけです」

「おー、最近は本当に便利になったな。チケット買うのに列を作って、それから入場でまた列を作って、とかを知ってると、その便利さがありがたい」

「最近はどこも事前販売してますからね。明日のもウェブチケットで買ってますし。その場に行ってから何にもしなくていい、って本当に便利ですよね」

特に、小さな子を連れていて目が離せない状況なら、スマホをピッとやるだけなのはものすごく助かる。

並んでいる人たちが中にどんどん入っていって、楓月たちもチケットをかざして入り口を通った。そこそこ混んではいるけれど、さすがにテーマパークほどじゃない。日程を逆にした方がよかったかな？　いや、でも、翌日帰るだけで思い切り遊べる日にテーマパークのが正しい気がする。

入ってすぐに広いロビー。

「わー、これが水族館？」

「ちがうわ！　魚泳いでないだろ！」

「ちがうのかー。おかしいと思ったんだよね。魚もいないし」

「あ、館内の案内図もらっていきましょう」

小さな冊子をもらって、広げてみた。

「へー、横に広いんじゃなくて縦に展開してるんですね」

「そうなんだ。水族館ってすごい広いところに一階建てなイメージなんだけど」

「ぼくが昔行ったところはそうでした。土地柄ですかね？　そこまで大きな敷地がないとか」

「テーマパークはすごい広いだろ」

「縦に高いテーマパークっていやですね」

想像したら、ちょっと笑える。

「ま、いいか。行ってみよう、行ってみよう」

「そうですね。樹、お魚がいっぱいいるからね。楽しいよ」

「スーパーで見てるからなー。楽しいかなー」

そう言いつつもごきげんで、手をぶんぶん振りつづけてる。

うん、すごく楽しみなんだね。

「いったん最上階まで行ってから降りてくるみたいですよ」

「へえ、そうなんだ。めずらしいな」

「行こう、行こう！」

樹が張り切ってる。

「うん、行こうね」

エレベーターに乗って最上階へ。出たら、そこには…。

「わー！　何にもない！」

うん、何にもなかった。

「スーパーよりもお魚がいないよ？」

「ここは出発地点なんだよ。いいか、ぐるぐる降りてくと魚がたくさんいるから…いるよな？」

竜太が楓月に聞いてくる。

「いないと、だれも来ないと思うんですよ。いますよね？」

こういう形式の水族館ははじめてだから、不安にもなる。いや、でも、親子連れが多いから、きっと大丈夫。

「ま、矢印に従って歩いてみよう」

階段に行くと、まるで森の中みたい。いろんな植物が生えている。

「すごいね！　動物が出てきそうだよ。ここ、本当に水族館なの？」

「たぶんね。きっとね。水族館だよね？」

ゆっくりと階段を降りてひとつ下の階に到着。

すると、そこにはたくさんの水槽にたくさんの魚。

「うわあああああああ！」

樹がのけぞった。

「スーパーじゃなかった！」

「ね、スーパーじゃなかったね！」

よかった、ちゃんと水族館だと理解してくれた。

「すごい！　お魚が泳いでる！」

だーっと水槽に駆け寄ろうとするのを、ガシッと止める。

「危ないから走らないの。いい？　走っちゃだめだよ。人がたくさんいるから、ぶつかっちゃうかもしれない」

「はーい」

樹が素直にうなずく。

ちゃんと説明するとわかってくれるのは、本当にありがたい。なんで、なんで、なんで！　とか言われると、この時点でぐったりと疲れそう。

「ねえ、これ、みんな食べれるの？」

「どうだろうね。食べれるのかな？」

魚って基本、食べられるよね？　おいしい、おいしくない、はあるだろうけど。

でも、あんまり食べたいような感じでもない。

「すごーい！　ねえねえ、みんな一緒に泳いでるよ！」

樹が群れで泳いでる小さな魚を指さした。

「あれ、なんてお魚？」

「なんだろう。あ、これじゃない？」

水槽内にいる魚の写真と名前が小さなパネルで貼ってあるの、すごく助かる。子供って、あれはなあに？　って聞くからね。それで知識を増やしていくんだから、もちろん、聞いてくれていいんだけど、こっちに知識がないと答えられない。

そういうときに目の前に正解があるのはすばらしい。

これはあれだね、これはこうだね、あれはあれだね、と、よくわからない指示語を連発しながら、樹は水槽の中をじっくり見ている。

よかった。水族館に興味を持ってくれたようだ。

ひととおり水槽を見終わったら、つぎの階へ。

「でっかい！」

「あ、ジンベイザメだ」

ほかの水族館でも目玉として扱っているところがあるから、さすがにこれは知っている。

「ジンベイザメ？」

「そう、大きなサメ。すごいでしょ」

「すごーい！　あれ、食べられる？」

「サメって食べない気がする。フカヒレってサメですっけ？」

竜太に聞いたら、たぶん、とあまり自信がなさそう。

「キャビアがサメの卵じゃなかったかな？」

「そんな気がしなくもないような…。フカヒレとかキャビアとか縁がない食べ物だから、知らないですよね」

「食べれないのかー」

樹が残念そうだ。

「食べたい？」

「あれを食べたら、おなかいっぱいになるよね～」

「おなかいっぱいっていうか、食べきれないよ」

やっぱり、子供っておもしろい。

「ぼく、食べきれる気がする!」

そして、自信満々でとんでもないことを言い出す。いいよね、夢があって。

「樹の体より大きいんだよ? どこに入るの?」

「わかんないけど、食べれると思うんだよね。たぶんね。どうかな? 無理かな?」

「そもそも、おいしいかどうかもわからないよ?」

「おいしくないの?」

「どうだろう。食べるのはいったんあきらめて、普通に見よう?」

「いいよー。ぼくもねー、そんなに食べたいわけじゃないんだよね。食べれるかな? って思っただけで」

「そっか、いつか食べられたらいいね」

「うん!」

樹がにこにこ顔でうなずいてる。

かわいいなあ。やっぱり、うちの子が一番かわいい。

叔父バカです、はい。

ひとつひとつ時間をかけて見ていくけれど、お昼前には全部観終わってしまった。それはそうだよね。見ても見ても魚なんだし、途中から、もういいか、みたいな空気にはなる。

深海の魚とかは興味深かった。どう考えてもエイリアンみたいな形をしている魚なのか甲殻類なのかよくわからない生き物ばかり。

最初は、これなあに？　あ、これだよ！　とパネルとにらめっこしていた樹も、途中から見なくなった。たまに興味があるものがいると探すぐらい。

「あ、もとの場所だ」

「ここ、入ってきたとこ？」

「そう、入ってきたとこ。どうする？　もう一回見る？」

「んー、見たいかなー？　どうかなー。ぼく、おなか空いた！」

「俺も腹へった。この中にもレストランあるけど、この時間は混んでそうだよな。どうせなら、たこ焼きとか粉もの食べるか？」

「たこ焼き食べたい！」

「焼きそばは？」

「焼きそばも食べたい！」

「お好み焼きは？」

「お好み焼きってなにー？」

「うまいやつ。たこ焼きの平べったいの、みたいな感じ」

さすがにそれはちがうと思うけど、当たらずとも遠からず、な感じではある。

「食べるー！」

「じゃあ、俺の知ってるうまいお好み焼屋に行こう」

「え、調べてくださったんですか？」

「こっちに来て、粉もの食べないって選択肢はないからな。さ、行くぞ」

「はーい！」

樹がつないでた手をあげる。

「いいお返事です」

竜太が樹の髪をぐしゃっと撫でた。

うん、やっぱり癖だよね。ちっちゃい子にする癖。

てことは、ぼくもちっちゃい子だって思われてるのかな？

まあ、いいけどね。だって、髪を撫でられると、なんだか落ち着くし。

樹も嬉しそうにきゃっきゃ笑ってる。

「楓月に聞いてなかった。粉もの好きか？」

「大好きです」

そんなに頻繁には食べないけれど、たまにおやつにたこ焼きを買う。たこ焼きは熱いから半分に切って、たこは固いから小さく切って、と結構めんどうだけど、たまに無性に食べたくなるんだからしょうがない。たこをしっかり噛ませるから、歯を使ういい練習にもなってる。

お好み焼きはいつから食べてないんだっけ？　樹が生まれる前に、花音が鉄板で作る料理に凝っていて、それで何度か食べたぐらいかな。

焼きそばはよく食べる。簡単に作れて、野菜やお肉を入れればちゃんとしたごはんにもなって、安くておいしい。

あ、すごく食べたくなってきた。ソースの匂いって暴力的なまでに誘惑してくるよね。カレーもそうだけど、匂いが強い食べ物って、これだ！　って思ったらほかのものに替えるのがむずかしい。

「そっか。最高にうまいのを食べさせてやる」

竜太がにやりと笑った。

楓月の心臓が、どくん、と跳ねる。

最近は、もうこういうことが普通になっていた。

竜太がかっこいいことを言ったり、かっこいい表情をしたりするとドキドキする。

それがどうしてなのかは考えない。

だから、しばらくドキドキする心臓を抱えて、普通の表情でいる。

だって、ほかにどうしようもない。

そうだよね？

「わー……」

そうだよね。もちろん、そうだ。

楓月はこの事態を想像してなかった自分にあきれてしまう。

ゴールデンウィーク。お昼どき。おいしいお店。大都市。

はい、結果は。

そう、長蛇の列。椅子がずらりと並んでいて、そこが全部埋まっている。椅子が置いてあるだけ親切だけどね。

さすがに親子連れはいなくて、カップルや友人同士といった客層だ。これは子供と一緒には並べない。いつになったら入れるのかわからないのに、子供連れだと無理。おなかが空いているのに待たせるのはかわいそうすぎる。

「すごい列ですね」

「ああ、これ、もうすぐ入れる人たちの列。何時頃、っていう整理券もらって、その時間に集まるんだよ。ま、ちょっとずれるけどさ」

「え、これ以上に待ってる人がいるんですか？」

「たぶん、閉店まで全部埋まってる。夜八時までの通し営業だから、十倍ぐらいはいるかな」

「そうですか。じゃあ、ぼくたちは無理ですね…」

そんなにおいしいお店なら食べたいけれど、今日の整理券ももう終わってる。すごく残念。

「いやいや、無理なのに連れてきたりしない。はい、こっちな」

竜太が楓月と樹を手招いた。狭い路地を通って、お店の裏側みたいなところに出る。

「こんにちは」

ちょうどそこにいた人に竜太があいさつしたら、相手がぱっと顔を明るくした。

「おや、竜太さん！　これはお久しぶりです」

「はい、お久しぶりです。大将はいますか？」

「もちろん、いますよ。呼んできますね」

「よろしくお願いします」

すごい。竜太が社会人みたい。いや、社会人なのはわかってるんだけど、普段はもっとラフな感じだから新鮮だ。

「おー、竜太！　どうした？」

すぐに中から人が現れた。楓月の親ぐらいの年代かな？　いや、もうちょっといってるかも。少しふっくらしていて健康そうだ。

「もっと驚いてくださいよ」

竜太が肩をすくめた。

「普通は、なんでここにいるんだ！　じゃないですか？」

「いや、だって、すでにここにいるだろ、おまえ。なんで、って聞いて状況がどうにかなるのか」

「ならないですね。ところで、お好み焼きと焼きそばとたこ焼き、全部二人前ずつください」

「持ち帰りか」

「はい。お店に入れないんで持って帰ります」

「前もって電話してくれたら、いくらでも席をとっといてやるのに」

「お昼に来られるかどうかもわからなかったので、持ち帰りという大それた技を使おうと」

「大それてはない。おまえの要望ならなんでも聞いてやるよ」

大将がにやりと笑った。

「急ぐけど、十分以上はかかるぞ。そのぐらい待てるか、坊主？」

樹に向かって、そう聞いてくれる。

あ、この人、いい人だ。

子供にちゃんと問いかけてくれる人は問答無用でそう思ってしまう。

「ボウズ？」

少しアクセントのちがう大将のしゃべり方と、いつもとはちがう竜太の雰囲気に戸惑っていたのだろうか、おとなしくやりとりを聞いていた樹がきょとんとしている。

「そう、坊主。腹へってるか？」

「へってる！」

樹が、はーい、と元気に手をあげた。

「ぼくはたこ焼きが好きです！」

「そっか、そっか。うまいたこ焼きを作ってやるから待っとけ。そうだ。待ってる間にこれでも飲むか？」

すぐ近くにあったクーラーボックスみたいなのから瓶を取り出した。

「それ、なあに？」

「ラムネ。シュワシュワして甘くておいしいぞ」

「お、なつかしい。大将、いつも子供にはラムネを勧めてますね」

「大人にはビールだ。飲むか？」

「いいえ、車なんで。楓月は？」

「ぼくも樹を見守っていなきゃいけないので」

「じゃあ、おまえらもラムネ飲んどけ」

「いいですね。俺は飲みます」

「ぼくもありがたくいただきます」

楓月ものどが渇いてる。

三本だな、と大将が竜太にラムネを渡した。

「さて、ちゃちゃっと焼いてくるわ。またな」

大将がお店の中に消える。

「ラムネって初めて飲みます。どうやって飲むんですか？」

たしか、なんかむずかしいことをしなきゃいけなかったような。どこかに球みたいなものが入ってるんじゃなかったっけ？

「いまのラムネは普通に開ければいい。これも瓶じゃなくてペットボトルだし。ビー玉も入ってないんだよな。ま、回収とか大変なんだろ」

竜太から渡されたのは、たしかにペットボトルだった。そうか、ビー玉が入ってるのか。それは見た目とか楽しそう。

「ぼくも飲むー！」

「開けてあげるから、ちょっと待ってて」

蓋を開けて、はい、と樹にあげた。

「シュワシュワしてるから、気をつけて飲むんだよ」

「はーい！」

いい子でうなずいたのに、一気に傾けて、ぶしゃっ、とラムネが飛びだした。

…うん、まあね、こういうのは想定内だよね。

洋服にかからずに地面にちょっとこぼれただけなのはよかった。

「こぼれちゃったー」

樹が困ったような表情をする。

「ね、こぼれちゃったね。やさしく傾けて、やさしく飲むの。シュワシュワ大丈夫だっけ？」

そういえば、樹に炭酸を飲ませた記憶がない。避けてたわけじゃなくて、楓月が炭酸系の飲み物を買わないからだ。

苦手でもないけど、どっちかというと炭酸がない方がいい、ぐらいの程度なんだけど。

「シュワシュワってなあに？」

「口の中でシュワシュワするの。ちょっとだけ飲んでみて？　ダメだったら、ぼくがそれを飲むから」

余った一本は返せばいい。

「またこぼれちゃう？」

「先に口つけて、ちょっとずつペットボトルを傾けるんだよ」

「どばってならない？」

「なるかもね。でも、甘くておいしいよ？」

飲んだことないけど、ラムネの味ってお菓子と変わらないよね？

「甘くておいしいなら飲む！」

恐る恐るだったのが急に元気になってきた。甘くておいしいのっていいよね、やっぱり。

樹がそろーり、そろーり、とペットボトルを傾けた。

「あ、ちょっと待って。コップがある、そういえば」

楓月は荷物からプラスチックカップを取り出す。何かの役に立つかもしれない、といろんなものをバッグに入れるのは子供連れの常識。いつの間にか、大荷物になっている。

樹からペットボトルをもらって、プラスチックカップに中身を注いだ。

「わー、すごーい！　シュワシュワしてる！」

泡が立ちのぼっていく様子を見て、樹が目を輝かせる。

「これって飲めるの？」

「飲めるよ。おいしいよ。はい、これなら大丈夫でしょ」

初めての炭酸をペットボトルからは、さすがに難易度が高すぎた。

「いただきまーす」

樹がちょっとだけ口をつけた。やっぱり、知らないものは怖いらしい。

「甘い！　おいしい！」

樹が目を丸くして、楓月を見る。

「甘くておいしいよね。どう？　飲めそう？」

「まだシュワシュワしてないからわかんない。いくよー！」

ごくっ、と一口。

「わっ……！」

樹がすぐにカップを口から離した。

「だめかな？」

「あのね、シュワシュワした！　こういうの、シュワシュワって言うんだね。シュワシュワしてる！」

「そっか、そっか」

こうやって学習していくの、すごく見てて楽しい。

「シュワシュワも楽しいね！　甘いのおいしいね！」

「ねー。こんな日にはぴったりだね。いいものいただいたね。あとから、ちゃんとお礼を…あ、そうだ！」

楓月は竜太を見た。

「なんか、ほのぼのしてていいな」

とっくにラムネを飲み終わった竜太が微笑んでいる。

「何がですか？」

「二人が。いい親子って感じ。楓月は怒らなくて、いつもにこにこしているからいいよな。叱るけど怒らない。それは大事。さっき、こぼしたときも、初めてなんだからしょうがないか、って思っただろ？」

「そうですね。だって、炭酸の飲み方なんて知らないじゃないですか。ぼくがちゃんとしなきゃいけなかったのに、ペットボトル渡して、飲んで？　ってだめですよね」

「そうだな。そういうとこがさ、なんかいいんだよ。癒される」

「癒されます？」

「うん。かわいい子二人が戯れてる感じで。やっちゃったー、って二人で笑いあってるのが好きだな」

「竜太さんが癒されたならよかったです」

竜太にはいろいろ迷惑かけてるから、癒されたなら嬉しい。

「ところで、どうしてお持ち帰りができるんですか？　それなら、みんな、あんなに並びませんよね？」

「うーんと、俺がこの店をこうしたから」

「へ？」

こうしたって、人が並ぶようになったってことだろうか。

「全国のうまい飲食店を応援したいっていう気持ちがあるんだよ。おいしいものって幸せにしてくれるじゃん？」

それはたしかに。おいしいものを食べると自然に笑みがこぼれる。

「だから、料理はうまいけど商売が下手だったり、店の雰囲気が悪かったりで客が来ないのって、もったいないと思ってさ。おいしいけど、なんか感じが悪い、って思ったら、もう二度とその店には行かなくないか？」

「行かないですね」

そういう意味では、外食はその場の空気にお金を払っているところもある。

「その土地でしか出会えない店ってあるだろ？　ぜっかく料理は最高なのになんらかの理由で繁盛してなかったら、つぎに来たときにもうないかもしれない。それはいやだから、おせっかいだろうけど、この店を大きくしてみませんか？　って持ちかけてみる」

「経営コンサルタントですか？」

「んー、まあ、そうかな。気に入った店にしかやらないから、そんなにお金はもらわないけど、タダだと相手も怪しむし、やっぱりさ、自分の力を貸すからにはいくばくかの報酬はもらわないと、こっちも本気になれない。ただし、繁盛したら払ってくれ、っていう契約になってるから、失敗したところからは一銭ももらってない」

「なるほど」

やっぱり経営コンサルタントだ。そうか、そういう仕事をしてるのか。

海外留学も、コンサルタント関係の資格を取りに行ったんだろうか。

「こうやって大成功してるところは、本当に嬉しい。だって、好きなときに好きな味が楽しめるんだぞ。ま、ここに来るの二年ぶりとかだけど」

「一年間、日本にいないからしょうがないいんじゃないですか」

「そう、一年も日本を離れるとさ、ちゃんとしたお好み焼きがすっごい恋しくなる！」

「わかります！」

「わかるだろ。海外に行くとわかるんだよ、日本の食のすごさが」

「適当に入っても、そこそこのものを食べさせてくれますもんね」

「あと、安い」

「安いですよね！」

もう、これは本当に。イギリスは物価が高かったから、普通にそこら辺の店に入ってごはんを食べただけですごい金額を取られた。

日本のワンコインでおいしいものが食べられて、それもお味噌汁までおいしいとか、あれは奇跡。帰国したころは本当に感動した。

しばらくいると、その貴重さを忘れて当たり前になってくんだけどね。

「ねえねえ、すっごいいい匂いがする。なんの匂いだろう」

樹がくんくんと鼻を鳴らしている。

「あ、ソースだね」

ソースの匂いが漂ってきた。食欲を刺激する香り。

「ソース？」

「たこ焼きにかかってるやつ」

「あれ、おいしいよね～」

樹が嬉しそうに言う。

うん、おいしいよね。楽しみ。

「待たせたな」

裏口から大将が姿を現した。

「はいよ、注文の品。ほら、持ってけ。うまいぞ」

にやっと笑う大将は、なんだかすごくかっこいい。自分の作ったものに自信があるっていいよね。

「あ、ラムネのおじさんだ！　ラムネおいしかった！　ありがとう！」

樹がぺこっと頭を下げた。

「しつけがいいな。いくつだ？」

「三歳！」

三歳になるまでもうちょっとあるけど、まあ、いいか。

「そっかそっか。元気に大きくなれよ」

「はーい！」

樹が手をあげる。

「いい返事だな。じゃあ、忙しいからまた。今度はゆっくり来い」

これは竜太に向かって。竜太が嬉しそうにうなずいた。

「はい」

「こっちもいい返事だ」

竜太ににやっと笑いかけて、大将が引っ込もうとする。

「あ、お会計を！」

楓月は気づいて、慌ててお財布を出そうとする。

「いらん。うちの店を立て直してくれたときに、一生タダでおいしいものを食わしてやる、って約束した。俺は義理がたいんだ。だから、一生タダで食べにこい」

「はい、食べにきます。つぎはお店でお酒を飲みます。利益率が一番高いですもんね、お酒って。すっごい飲みます」

「楽しみにしてるよ」

大将がひらひらと手を振って、店に戻っていった。忙しいだろうから、さすがに引きとめられない。

「いいんですかね」

「いいんだよ。俺のアドバイスで経営がうまくいったところは、絶対に金を取ってくれない。だからといって、足が遠のくと向こうも心配する。うちの店がまずくなったんじゃないか、って電話かけてこられたりするから、たまには行って、タダで酒飲んでメシ食って、うまかった、また来る、って約束するのも俺の仕事の一環だ。ここもしばらく来てなかったから、来られてよかった。さ、戻ろう」

「はい、戻りましょう。ホテルでいいんですよね？」

「ホテルでゆっくり食べた方がいいだろ。いまは熱すぎて、樹は無理だろうし」

「そうですね。少し冷めないと」

熱々のものは食べさせられない。

「ビール買ってくか」

「いいですね！　ぼくも飲みたいです」

せっかくのゴールデンウィークだ。ホテルで食べるのならビール一本ぐらい飲みたい。だって、お好み焼きもたこ焼きも焼きそばもビールに合う。

「じゃあ、コンビニでビール買って、ホテル帰って、メシ食って酒飲んで、昼寝でもするか」

「最高の休日ですね」

樹が寝てくれなければ起きてるしかないけど。どうだろうね。ま、樹を楽しませることが一番の目的だから、起きてるなら起きてるでいい。

「はい、樹、行くよ」

手をつないだら、樹の手はちっちゃくてふにゃふにゃであったかくて。

守ろう、と思った。

この子を絶対に守ろう。

「あつーい！　ぼく、一人で歩く！」

ぶん、と振り払われた。まあね、暑いよね。気温も高いしね。

樹といると、やっぱり楽しい。

「元気だな」

「元気ですね」

竜太と顔を見合わせて微笑み合う。

「俺らは結構へろへろなのに」

「暑いですからね」

「ビールが楽しみだな」

「すごく楽しみです」

そんなちょっとした会話でも心が温かくなる。

竜太がいてくれてよかった。

さっきから、ずっと楽しい。

楽しくて嬉しい、最高の休日。


ホテルに戻り、さっそく食べ始めると、樹が目を真ん丸にしてる。

「おいしい！」

「ねえ、これ何？」

「焼きそば…だと思う」

いや、完全に焼きそばなんだけど。これまで食べていたものと全然ちがう。麺はもっちりしているし、野菜はしゃきしゃきだし、お肉には下味がついているのかな？　そして、とにかくソースが絶品。

これはビールを飲まなきゃ申し訳ない。

ごくごく、と喉を鳴らしてビールを飲んだ。樹も、ごくごく、と麦茶を飲んでいる。

麦茶はカフェインがなくて子供に飲ませるのに最適だから、家では一年中作っている。今回はコンビニで買った。

「すごいだろ。俺さ、初めて食ったときに衝撃を受けたんだよ。こんなの食ったことない、って」

「すごいですね。どうしたら、こんなになるんですか？」

「わかんねえ。企業秘密らしい。これを食べたら、あんだけ人が並ぶの納得するだろ」

「納得しかないです」

家の近所にあったら、朝の整理券争奪戦に参加したい。そのぐらいおいしい。

「焼きそばって、楓月も作るやつ？」

「そう、ぼくが作るのが普通の焼きそばで、これは特別な焼きそば」

「これからも特別な焼きそば食べられる？」

「ちょっと無理かな。だから、好きなだけ食べていいよ」

「まあ、待て。たこ焼きもすごい。まず、たこが大きくないから、樹でも一個丸ごと食べられるぞ」

「たこが大きくない？」

どういうことだろう。大きなたこ入ってます！　っていうのが売りになりそうなのに。

「ちっちゃい子でも食べられるように、すごく細かく切ったたこが入ってる。ゴールデンウィークとかはさすがに並ぶのが大変すぎて家族連れはほとんどいないけど、平日の夜に家族みんなで行くぐらいならできるんだよ。ま、朝に行って整理券もらわなきゃだけど、平日はそこまで人数がすごくないから。家族での外食って特別じゃん？　だったら、いい思い出にしてほしい、たこが固くて大きくて食べられない、とかはいやだな、って思ったんだって。そういう人なんだ、大将は」

竜太が目を細めた。まるで自分のことのように誇らしそうで、そういう竜太を見て、なぜか楓月が誇らしくなる。

他人のことをそこまで思えるのってすごい。そういう人はとても好きだ。

「ただ、あの顔つきで無愛想だろ？　店は手入れはしてるけど古いし、宣伝のためにメニューを外に出す、とかもしてなくて。そんなとこ、いくらうまくてもだれも行かないっての。もったいないな、と思ったから、声をかけたんだ。大将を愛想よくするよりも、愛想がいい店員を雇う方が建設的だし、古い外観は味にすりゃいいし、中は改装してきれいにしてあるから、古く見えたのに実は新しい、っていうのは実はイメージがいい。そうやって、武器になるもの、ならないもの、を考えて、店を繁盛するように導くのが俺の仕事。大将は鉄板の前に立ってりゃご機嫌なんだから、それ以外は店員にまかせる。おかげで大人気店のできあがり」

楓月は、ぱちぱちぱち、と拍手した。

「すごいですね！　経営コンサルタントって、そんなふうに仕事するんですね」

「これは俺の趣味…いや、金をもらってるから趣味じゃないか、なんだろう、副業？　経営コンサルタントじゃないぞ。おいしい店がつづいてほしいからどうにかする、うまくいったら金がもらえて一生分の料理がタダになる、おいしい仕事だ」

「そうやって、お店ごとに分析しても繁盛しないお店ってあるんですか？」

「あるな。そういうところは、俺の言うことを聞かない。こうしてください、はい、わかりました、とは言うんだけど、いや、ここはやっぱり自分のやり方で、ってなる。それでいままでダメだったのにな。自分でプロデュースして人気店になるんだったら、俺の出番はないっての。そういうところは残念だけど、潰れる運命だったんだ、と思ってあきらめる。あ、樹、たこ焼きを待ってるな。悪い悪い」

「いいよー！　大人のお話でしょ？　ぼくは、ちゃんと待ってるよ」

「そうか。いい子だな」

竜太がわしわしと樹の髪を撫でる。

「たこ焼きもちょうど冷めたぐらいかもな。たこ焼きって、結構冷めないよな」

「冷めないですね」

だから、樹と食べるときは半分に割る。

竜太がパックに入ったたこ焼きを開けた。ふわあ、とソースの香りが広がる。焼きそばもいい匂いだったけど、たこ焼きはまた別のいい匂い。

「これ、ソース一緒なんですか？」

「いや、焼きそばはちがう。たこ焼きとお好み焼きが一緒。そこは大将のこだわり」

「え、すごいですね。ちょっとひとつもらいます」

たこ焼きをつまむと、ふんわりしている。

「やわらかい！」

「そう、ふわふわなんだ。外がかりっとかしてない。外も中もふわふわ。それで最高にうまい。食ってみろ」

「あ、いえ、最初に樹に食べさせるんで、冷めてるかだけ」

割っても湯気は出てこない。そこまで熱くもなさそうだ。

「樹、ふーってして食べなよ？」

割ったたこ焼きを樹の紙皿に置く。これもコンビニで買ってきた。

コンビニは本当に何でもあるから、旅先だとものすごく重宝する。

「はーい！」

元気に返事をして、樹がふーってしてからたこ焼きを食べた。

「ん！」

また目を真ん丸にしてる。

「おいしい？」

もぐもぐごっくん。

「たこ焼きじゃない！」

「え、そんなに？　ぼくも食べよう」

たこ焼きをぱくりと一口で。あ、大丈夫。食べられる温度になってた。

うわ、おいしい！　ふわっふわでとろっとろで、それにソースがよくあってる。たこの味はするけれど、たこの塊はない。え、何これ！　毎日でもおやつに食べたい。後味に変な甘みとか油っぽさとかもなくて、いくらでも食べられそう。

「ぼく、もう一個食べる！」

「一個でいいの？」

「わかんない。もう一個食べてから考える」

樹って、こういうところすごく慎重なんだよね。花音とはまったくちがう性格でおもしろい。

「じゃあ、とりあえず一個ね」

半分に割って、紙皿に載せた。樹が、ふーふー、ってしてから、ぱくり、といく。

「おいしい！」

ほっぺたを押さえて嬉しそう。

「あ、竜太さんも食べてください。ぼくらばっかりいただいているんで。焼きそばとか食べてます？」

「いや、楓月たち見てる方が楽しい。なんかさ、ほんわかしていいよな」

そうやさしいまなざしで言われて、どきん、と心臓が跳ねた。

「ビールがぬるくなりますよ？」

それをごまかすように、楓月は慌てて笑顔をつくる。

心臓がどきどきするのは、お酒のせいにちがいない。

きっと、そう。

「ビールは飲んでるから心配するな」

竜太がぐいっとビールを飲んで、新しいのを冷蔵庫から出してきた。そんな姿すらかっこいい。

いいよね、見目麗しい人って。

「お昼から飲むって贅沢ですよね」

「贅沢だな。普段は無理だもんな。旅行の特権だ」

「今日も夕食はルームサービスにしましょう」

飲んだら、外に出るのが億劫になる。

「樹はそれでいいのか？」

「何がー？」

「今日の夜も部屋で夕食でいいか？」

「え、これをまた食べられるの？」

目をきらきらとさせている。よっぽど気に入ったんだろう。

「これは食べられないけど、昨日の夜みたいにいろいろ食べれるぞ」

「いいよー！　だいさーんせい！」

大賛成ね。

「昨日の夕ごはん、おいしかった？」

「おいしかった！　でもね、これのがおいしいよ」

残り半分のたこ焼きも食べて、もう一個！　とねだってくる。いっぱい食べてくれるのは嬉しい。

「じゃあ、夜も部屋でいいか。ゴールデンウィークだから、どこも混んでるしな」

「そうですね。明日は一日テーマパークでしょうから、外食はそこで」

「だな」

竜太が、うんうん、とうなずいた。

たこ焼きを半分に切って、樹のお皿に置いてあげて、竜太さんもいりますか？　と聞いてみる。

「え、半分に割ってくれんの？」

からかうように言われて、なぜか顔が赤くなりそうになった。

恥ずかしいのか、なんなのか。

竜太といると、よくわからない感情が湧いてくる。

「自分で割ってください。っていうか、割らなくても大丈夫ですよ」

竜太のお皿に三つほど載せておいた。

「ぼく、お好み焼き食べたいです」

しばらく食べていないお好み焼き。

「これまたうまいぞ。ふわっふわだ。ふわっふわ。こんなにふわっふわなお好み焼きを食べたことがない。生地に秘密がある、というよりは、あれは完全に腕だな」

「楽しみです！　樹、お好み焼き食べる？」

「食べる！」

「じゃあ、開けよう」

きれいに丸くなっているお好み焼きを、適当に切る。

「豚玉だな、たぶん。店で一番のおすすめだ」

「おいしいですよね、豚玉」

楓月も頼むなら豚玉だ。いろいろ食べても、やっぱりシンプルなそれが一番おいしい。

「はい、樹。ちゃんと小さくして食べるんだよ」

さすがに全部を細かくしてあげるわけじゃない。スプーンもフォークも上手に使えて、自分で食べたがることが多いし。

そろそろ箸の持ち方とか練習しなきゃいけないかな。そういうのもちゃんと調べないとね。

樹はフォークでお好み焼きを食べやすい大きさに切って、あむっ、と口に入れた。

「んんんー！」

目を閉じて、じっと何かを噛みしめている。

「おいしい？」

こくこくこく。

「言葉も出ないほどおいしいのか。ぼくも食べよう」

お好み焼きを口に入れると、ふわっと口の中でとろけた。あっという間になくなってしまう。

「……え？」

何これ。はじめての食感。

「すごいだろ。たぶん、空気の入れ方なんだよな。でも、これは大将にしかできない。一応、後継者っていうか弟子か、そういうのが何人かいるんだけど、お好み焼きは焼けないらしい。だから、毎日大忙しで、それが嬉しいんだって二年前に言ってた。俺はお好み焼きを焼くために生まれてきたんだと思う、ってさ。いいよな、天職で食ってけるのって。これからもずっと繁盛しててほしい」

「この味が出せてる間は大丈夫です。明日も行きたいぐらいですもん」

そうか、どれもおいしいし、とても軽いんだ。だから、いっぱい食べられてしまう。ビールにも合う。

「ぼくね、ぼくね、これすっごい好き」

ようやくしゃべるようになった樹がしみじみとそう言った。

「どれが一番おいしい？」

「んーと、んーと、一番とか決めちゃだめだと思う。どれも一番だよ！」

「そっか。どれもおいしいんだ。どれ食べる？　もうおなかいっぱい？」

「まだまだ食べる！　最後のやつがいい」

「これ、すっごいおいしいよね。お好み焼きって言うんだけど、最初がこれだと、普通のお店に連れていけなくなりそう」

　こんなお好み焼き、どこにも売ってない。

「お好み焼きはないことにしよう。これとおんなじの！　って言われても困るしな」

「そうですね。存在を消しましょう」

「ぼくは覚えてるよ！」

「樹、かしこいから覚えてるね。でも、忘れてくれないとぼくが困るの」

「楓月、困るのかー。じゃあ、忘れてあげてもいいよ」

「わ、樹、やさしいね」

「ぼく、やさしいのか。わーい！」

　お好み焼きを紙皿に載せてあげると、ぱくぱく食べてる。

　その後もみんなでいろいろ分け合って、すべてをきれいに食べ終えた。楓月はビールを二本、竜太はビールと日本酒を結構飲んだ。

　樹もさすがにおなかがいっぱいで眠くなったらしく、みんなでお昼寝。

めずらしく三時間ぐらい寝てくれた。水族館でたくさん歩いたし、いっぱい食べたからだろう。

そして、起きたらおなかが空いていた。あんなに食べたのにすごい。本当に軽いし、消化にもいいんだろう。

みんなでルームサービスのメニューを見て、これがいい、あれがいい、と決めて。おしゃべりをしながら食事をして、お風呂に入って、また眠る。

午前中に動いて、午後は何にもしていない。

そういうことができるのもおやすみならでは。

楽しいな、と思った。

本当に心から楽しい。

こんな休日、いつぶりだろう。

お風呂にゆっくり入ってベッドに横になったら、竜太と樹が眠っているのが目に入る。

すごくすごく幸せな光景。

いつまでもこれがつづくといいな。

それは叶わない夢だけど、そう願ってしまう。

6

「いつでも替わりますよ」

楓月はそう声をかけた。樹は後部座席に横になって眠っている。昨日、一日中はしゃぎ回ったせいだ。夜も興奮したのか遅くまで起きていたし、寝つきのいい樹がめずらしく夜中に何度も目を覚ましていた。

楓月も樹につきあってあちこち動き回ったので、今朝、筋肉痛になっていた。あんなに広いところをずっと徒歩で移動するんだから、普段とは比べものにならないぐらい運動をしたことになる。

筋肉痛です、と竜太に笑いながら言ったら、俺は大丈夫だな、と得意そうに答えた。

明日かあさってに出るんじゃないですか？

三十歳はまだ若いとはいえ昔ほど運動していないだろうし、似たような生活をしている楓月だけが運動不足なわけがない。

さあ、どうだろう、お楽しみに。

にやっと笑ってそう言ったのは、さすがに大人の余裕。

「筋肉痛はおとなしくしてろ」

「竜太さんは明日きますって。もしくは、あさってきます。ぼくだけ筋肉痛のわけがないです」

「俺はちゃんと体を鍛えてる。会社から家まで歩いてるんだ」

「え？」

そんなの初めて聞いた。

「この年になると、運動は意識的にやらないとな。ジムとかは好きじゃないし、歩くのが一番いいって聞いたから、じゃあ、歩くか、って」

「いいですね。ぼくもお散歩は好きです」

樹を連れて、あちこち行くのは楽しい。

「俺は散歩はそんなに好きじゃない。目的もないのに歩くのはいやなんだ。一時間ぐらい歩けばいいって話だけど、一時間も散歩って何すんだ？」

へえ、散歩は好きじゃないのか。はじめて知った。

こうやって知ることが増えるのは嬉しい。

「景色を見て、花が咲いてるなあ、春だなあ、とかしみじみしてればいいんじゃないですかね」

「それは運動じゃない。早足でたったか歩かないと意味ないからな」

「ああ、そういうことですか」

ちゃんとした運動としての徒歩がいいのか。

「三十分早足で歩いて戻ってくればいいんじゃないですかね」

「だから、それだとつまんないんだってば。一日目はまあ、張り切るかもしんないけどさ。二日目で飽きて、三日目でやめる。散歩とかジョギングって向き不向きがあるんだよ。俺は向いてない。昔から持久走が大きらいだった」

「ぼくは持久走はきらいですけどマラソンは好きでした。ずっとぐるぐるおんなじところを走るのはいやで、景色が変わるならいいです」

おなじ景色を見つづけるのは、さすがにいやだ。

「そういうやつは散歩に向いてる。俺は向いてない。目的地を決めるなら、会社だろう、って。雨だと、さすがに車にするけどさ。そうじゃなければ、行きか帰り、どっちかを歩く。それで一時間半ぐらい。ほぼ毎日歩いてるから、昨日のあのぐらいだと全然平気」

「一時間半も！」

それこそ、絶対に歩きたくない。

そうか、向き不向きってあるね。散歩はしたいけど会社まで歩きたくはない。楓月の場合、一時間もかからないだろうけど、それでもいやだ。

車は自由に使ってください、と鍵を玄関に置いてあるので、雨の日に車で行かれてもまったく困らない。そもそも、竜太は楓月より遅く出て早く帰ってくるんだから、その間、車を使われても気づきすらしない。

「だいたい帰りかな。朝から汗だくで会社には行きたくない。ものすごく気分がよくて朝から歩きたいと思ったら、朝にするけどさ」

「それって、朝は電車ですか？」

「そう、電車。朝歩いたら、帰りが電車。往復で三時間は歩きすぎだからな。楓月もやれば？

そしたら、筋肉痛にならなくてすむぞ」

たしかに、毎日一時間半歩いているなら筋肉痛にならなそう。

でも、これから気温が高くなっていくばかりなのに、歩くのはちょっとね。熱中症とか怖いし。

涼しくなったら、やってみようかな。

そう考えて、ふいに気づいた。

涼しくなったときは竜太がいない。楓月は一人になる。

ぞわり、と背筋に寒気が走った。

これは恐怖だ。

何に？　竜太がいなくなって、また保育園からの呼び出しの電話が来るかもしれないことに？

ちがう。それはどうでもいい。

有給はきちんとあるんだし、その範囲で子供のために早退するんだったらかまわない。有給を使い切っているのに早退するから問題だったのだ。一年目の新入社員がそんなことをしていると目立つに決まっている。

二年目になって、去年の自分を振り返るととても申し訳ない気持ちになる。

しかたがなかった。あのときはあれ以上のことはできなかった。心の傷を癒すためには、かなりの時間が必要だった。

だって、二人きりの家族だったんだから。

それを理解してくれて、有給を使わせてくれた課長はとてもいい人なんだと改めて思えた。そんな課長でも、辞めてほしい、と言わざるをえないような状況だったのだ。

今年の新入社員が楓月とおなじことをしたら、楓月だって、なんだよ、仕事もできないのに早退してばっかり、と苦々しい気持ちになるだろう。相手の状況を理解していたとしても、それとは別に仕事はあって、振り分けもあって、一人が抜けると全体に迷惑がかかる。

仕事ができていた、と思い込んでいたけれど、まったくできていなかった。いまだって、できていない。

就職して一年もたっていないのだ。仕事ができるわけがない。

新入社員としては優秀。

それだけでしかなかったのに、自分を過大評価していた。

子供のために早退している人をクビにはできない、ということに甘えていなかっただろうか。

誠心誠意、仕事をしていただろうか。

いまとなっては自信がない。

それなのに、いまも会社にいられて、同僚ともうまくやれて、課長は何もなかったかのように接してくれて。

本当に恵まれている。きちんと仕事ができるようになって恩返しがしたい。

うん、仕事関係には何の恐怖もない。

だから、いまの何も心配しなくていい時期にたくさん仕事を覚えて、ちょっとでも仕事を進めていたい。

早退したり休んだりしても、まあ、あいつならどうにかするか、と思われるぐらいにはなりたい。

二年目になったばかりで、それは大それた望みだとわかってはいる。

でも、仕事に関しては前向きな気持ちしかない。

じゃあ、この恐怖は何？　竜太がいなくなる、と考えるたびに湧きあがるのは、いったいなぜなんだろう。

「そんなに真剣に悩まなくても」

くすりと笑われて、楓月ははっと我に返った。

「楓月はまだ若いんだから、通勤ぐらいで大丈夫。週末は樹と散歩してるんだし、外で遊ぶのにつきあってるし、ある程度は運動できてるだろ」

「そうですね」

そんなことを心配してるわけじゃない。自分でも説明できないこの恐怖を、このもやもやを、解明したらいいのか、ほっとく方がいいのか悩んでる。

そんなこと本人には絶対に言えない。

「しかし、すっごい渋滞だな」

「都内に近づくにつれ、もっと渋滞しますよね」

高速道路の車はいまはまったく動いていない。カーナビも真っ赤だ。しばらくはこの状況がつづく。

ホテルの朝食はしっかり食べて、なるべく早めに出てきたのに、家に帰りつくときには日が暮れてそう。ゴールデンウィークの最終日にここまで混むなんて知らなかった。

去年のゴールデンウィークって何してたっけ？　社会人になったばかりで疲れ果てて、家でごろごろしてた気がする。

去年もかなりの飛び石連休で、そこに有給を使うのはいやだ、と花音が言った。楓月は入社したばかりで有給なんて使えるはずがない。だから、三人で家でごろごろしてた。デリバリー頼んだりして、家事をちょっとお休みして。

そろそろ樹を連れて旅行もできるから、夏休みにどこかに行こう、と話していて、あれはどうなったんだっけ？

そうだ、花音に急な仕事が入って出張に行かなきゃいけなくて、楓月に樹のことを任せて海外に飛んだんだった。

花音は仕事が好きだった。天職だと言っていた。

結局、樹と一緒に旅行することは叶わないまま。

今年は竜太と三人で旅行ができた。おいしいものを食べて、楽しい場所へ行って、とてもとても楽しかった。

来年はどうなるんだろう。樹と二人でまたちがうところへ行こうか。車があれば、どこへでも行ける。来年なら飛行機に乗っても大丈夫そうかな。だとしたら、どこか遠くへ行こうか。いっそ海外？

いや、海外は飛行機に乗ってる時間が長すぎる。やっぱり国内にしておこう。

「くるくる表情が変わるけど、なに考えてんだ？」

竜太が興味深そうに楓月を見ていた。ミラー越しに目があう。

「来年のゴールデンウィークは飛行機で行けるところに旅行してもいいかもな、と思ってました」

「ああ、いいんじゃね？　この時期なら沖縄とかさ、逆に北海道とか、どっちにしろメシがうまいところに行こう」

「……え？」

行こう？　一緒に行ってくれるの？

「あ、俺は誘ってないって？」

竜太が冗談っぽくそう言った。

「いえ、誘います！　ぜひ誘いたいです！　来年の予約してもいいですか！」

どうして、こんなに必死なんだろう。そして、来年も一緒に旅行に行けるならすごくすごく嬉しい、と思ってしまうんだろう。

蓋をしていた感情があふれそうになっている。

だめ。

直視したらいけない。

気づかないふり。知らないふり。

それが一番。

「暇だったら」

ああ、これは遠回しなお断りだ。

ずーん、と落ち込みそうになるのを、どうにかこらえる。

「そうですよね。来年の予定なんてわからないですし。竜太さん、日本にいらっしゃるかどうかすら決まってなさそうです」

冗談にしよう。必死になったことを取り消そう。

困ったな、本気にされるとは。

竜太にそう思われていたら恥ずかしい。恥ずかしい、というか、悲しいのかもしれない。

自分の気持ちが本当にわからない。

「日本にはいると思うけど、来年のいまごろ、いったい何をしてるのかは見当がつかないな。約束してたのに、ゴールデンウィークに仕事しなきゃいけない状況だったら申し訳ないじゃん？」

「ゴールデンウィークに仕事ですか？」

「そう。俺がものすごくやる気になって、ゴールデンウィークも仕事がんばるぞー！　ってなってないとはかぎらないわけ。だから、来年のゴールデンウィークが近づいて、旅行の予約しようかな、ってときに誘ってくれれば、行けるかどうか答える」

「え、暇だったら本当に行ってくれるんですか？」

「もちろん。今回の旅行は楽しかったし、成長した樹に会いたいし、楓月にも会いたい。一年に一回ぐらい、三人で旅行しようか」

どうしよう。すごく嬉しい。

「はい！」

「すっごいにこにこしてる。そんなに嬉しいんだ？」

「嬉しいです！」

素直に答えてから、はっと気づいた。

こんなに嬉しがってたら不審に思われない？

不審って何を？　不審に思うようなことがある？　ないよね？　大丈夫だよね？

不安になる自分に、矢継ぎ早に否定する自分。

いったい何をしているのか、本当にわからなくなる。

「まあ、嬉しいよな」

竜太がミラー越しににやりと笑った。

見抜かれてる…？

いや、何を？　見抜かれて困ることなんてない。

またもや、自分で自分を否定する。

おかしい、絶対に。

「いくらかわいくても、小さい子供を一人で連れて旅行なんて大変だからな。昨日のテーマパークとかさ、楓月一人だったら途中でバテてただろ」

なんだ、そういう意味か。よかった。

何がよかったのかは考えない。

「そうですね。途中で、もう帰ろうよ、と言ってた気がします」

ホテルはテーマパークからとても近いから、車ですぐに帰れる。少し休んで、また行って、

みたいなことはできるのかな？　昨日は夕食までテーマパークで食べたから、いったん外に出られるのかどうかはたしかめてない。

「どっちかが連れてって、どっちかが休んで、みたいなことができたからよかった。休憩って大事だよ」

「大事ですよね」

しみじみとうなずく。

樹を休ませるのが一番大変だった。楽しいものが周りにあふれているのに、お店やベンチでじっとしていてくれるわけがない。それを、きちんと休憩させて、食べさせて、水分を取らせて。

ますます元気になった樹に振り回されて。

大変だったけど楽しかった。あんなに遊んだの、いつぶりだろう。

「あ、そうだ！　ぼく、運転替わりますよ。休憩は大事ですよ？」

「いや、いい。俺、他人の運転だと酔うんだ。特に、後部座席はだめ」

「え、そうなんですか？」

知らなかった。車に弱い人でも自分の運転なら大丈夫っていうもんね。

「いつも俺が運転してるの、そういう理由。ほかの乗り物は平気なんだけどな」

「船とかもですか？」

車酔いって三半規管の問題だっけ？　だとしたら、揺れるものに弱いのかな？

「そう、船も大丈夫。揺れても平気。タクシーが特にだめで絶対に乗らない。あれはさ、匂いの問題かも」

「匂い？」

「タクシー独特の匂いがあるんだよ。楓月は平気なのか」

「そもそもタクシーにほとんど乗りません」

「車あると乗らないよな。飲み会で遅くなったりとかは？」

「終電で帰ります。タクシーの深夜料金なんて払えません」

贅沢だし、家に車あるし、で乗る機会がない。

「すっごい堅実なんだな」

「ケチだって花音には言われてます…ました」

過去形に直すのも、最近は胸が痛まなくなってきた。こうやって、少しずつ少しずつ傷は癒えていくんだと思う。

また会える。両親もそこにいる。

そう信じているからかもしれない。

「若いのに堅実なのは長所だと思うぞ。俺が若いころなんて、稼いだ金を全部使ってた」

「それは社会人になってからですか？」

一年ぐらい海外に行くし、日本各地の飲食店を食べ歩いてるみたいだし、ぱーっと使っちゃうのかな。経営コンサルタントって儲かるんだろうか。あれ、でも、趣味でやってるようなものだ、って言ってた気がする。実際の仕事はまた別なのかもしれない。

竜太のことを何にも知らないんだな、と思った。

知りたいのか知りたくないのか、そういうことすらわからない。

とにかく何もわからない。

「いや、学生のころ。金に困ってたわけじゃないんだけど人生経験と思ってバイトして、その金を全部使ってた。貯めるとかしなくてさ。バイト代だけでやっていこうと思って、そのくせ、そんなにバイトしてなくてさ、当然、収入もあんまりない。なのに、もらったその日に全部使って、その月は遊べなかったり。あれ、楽しかった。金がない、ってどういうものか、身を持って知った。金がないと、何にもできないのな」

「そうですね」

正直、お金がないとどうなるのか、それは楓月の方が知らない。だって、お金がなくて困ることがなかった。それなりに貯金があると、心の余裕ができる。

「金がないってことがわかんないっぽいな」

「わからないです」

楓月は正直に告げた。

「ぼくはケチなので、バイト代も社会人になってからの給料も、一定額を貯金してます。家があると、そういうことができるんですよね。あ、竜太さんも実家じゃないですか」

「そう、住むところあると楽だよな。学生のころも実家暮らしだから、金がなくなったら家にこもってりゃいいだけ。だからこそ、あんな金の使い方ができたとも言える。家賃があったら、最初に家賃分はとっとかなきゃだめだろうし」

「だめでしょうね。住むところなくなったら困りますもんね」

「いったい、なんの話をしてんだ」

竜太が笑う。

「なんでしょうね。雑談ですかね。でも、すごく楽しいです」

竜太と話すことが楽しい。それは、お世話係になってもらってから、ずっと変わらない。

「楓月が楽しいならよかった。楓月にはこの先の人生、楽しいことしか待ってないように願ってるよ、俺」

「え…?」

それはどういう意味だろう。

「初めて会ったとき、いまにも消えてしまいそうなはかなさをまとってて、大丈夫かな、って思った」

「大丈夫じゃ…なかったです」

あのときは、会社を辞めなきゃいけない、って思い込んでいたから、解決策が思い浮かばなくて。そもそも、解決策なんてない、と悲観的な考えしか出てこなかった。

竜太が現れてくれなかったら、いまも解決策はないままだったと思う
悲しいことや悔しいことがたくさん起こった。

もうこれ以上は無理。耐えられない。

そうやって人生を投げだしかねなかったときに、竜太が現れてくれた。

お世話係をやる、って言ってくれた。

竜太には感謝しかない。

「大丈夫じゃないよな。その若さで背負うには重すぎる荷物だもんな」

「そうなんですかねえ」

たぶん、そうなんだろう、と思うんだけど、ほかの人と比べたことがないからわからない。

「俺からしたら、すごい重荷をしょってるよな、と思うけど、楓月にとってどうなのかはよくわからない。他人の人生って生きられないじゃん。だから、推測するだけ。同情とか、そういうのはしたくないんだ。ただ、事実を並べてみたら大変そうだな、って思う」

竜太がやさしい表情を浮かべた。

その顔にほっとしたり、どきっとしたり。

心が忙しい。

「樹も小さいしな」

「そうですね。一人でお留守番ができるぐらいになったら楽になるかな、とは思います。すっごい先の話ですけど」

保育園は仕事中は預かってくれる。小学校になると、そうはいかない。下校時間になると強制的に帰らされる。

だけど、まさか、小学校低学年の子を一人で家にいさせるわけにもいかない。

「小学生のうちは学童保育に預ければ？」

「ああ、そういうのありましたね！」

友達が通ってた。

「いろいろなことがまだまだ先だと思っていると、あっという間に小学校の入学式になってたりするんですかね」

あと三年、もう三年。

どっちだろう。

「あ、俺も出席する」

「え、ホントですか！」

それは、とてもとても嬉しい。

「入学式とか卒業式とか、そういうのはちゃんと見ないと。俺、ゴッドファーザーだから。ま、

「権限はないかもしれないですけど、窮地にいるぼくを救ってくれました。立派なゴッドファーザーです」

なんの権限もないんだけど」

「助かった？」

「すごく助かりました！　いまも助かってます。あの日、あの場所で、竜太さんに会えてよかったです。そうじゃなければ、怪しい人だ、と決めつけて、お世話係とか頼みませんでしたもん」

あの日の楓月は追いつめられすぎていて、なんの見返りもなしに樹を世話してくれるという、いつもなら用心するはずの竜太の提案を受け入れた。

あの日よりも前で、まだがんばれていたときだったら断っていただろう。

あの日よりあとだったら、自分はどうなっていたんだろう。

その想像はしたくない。

本当にぴったりその日に竜太は現れた。

花音が見計らって竜太を呼んでくれたのかな、と思うような絶妙なタイミングで。

かっこよくて、やさしくて、人当たりがよくて、保育園の先生やほかの保護者に好かれて、料理が上手で、運転もうまくて、こうやって長距離なのに運転してくれる。

いいところしか見えない。

もちろん、竜太だって人間だから悪いところがあるかもしれない。でも、それを知る前に、きっと半年が過ぎてしまう。

いやだ。

強く強く、そう思う。

どうして、いやなのか。

それはわかっているけど、知らないふり。

ただ、いやだ。

竜太がいなくなるのがいやだ。

「頼まないよな、普通。怪しさ満載じゃん。急に知らない人に、亡くなったお姉さんの親友です、お世話します、って言われたら、俺なら、結構です、って断るよ」

「ぼくだけの判断ならそうですけど、樹がなついていたんで。樹がなつくならいい人だ、じゃあ、まかせても大丈夫だろう、っていうのも理由としてはあります」

「まあな。俺も自分の子供がいて、その子が全力でなついてたら信用するもんな。子供って、結構、人を見てる。好ききらいもちゃんとある。だから、なついてたら大丈夫、って思うのもおかしくはない」

「そうですね。あとは、ぼくが極限まで追いつめられていて判断力が鈍ってた、っていうのもあります」

「おい！」

竜太がぷっと噴き出した。

「そんな正直に言うな。見た瞬間に信用できる人だとわかりました、ぐらいのことを言っとけ」

「見た瞬間にだれかを信用できるなら、この世の中は平和ですよね」

「すっごい哲学的なこと言ってんな。どういう意味だ？」

「信用できる人ばかりって、とても平和な世の中じゃないですか？　でも、ぼくはそんな世界に住みたくないのでお断りです」

「おもしろいな！」

竜太が声をたてて笑ってる。

「楓月、もっとおとなしくて素直で信じやすいのかと思ってたら全然ちがった。なかなかに毒がある」

「ありますかね？　いい人も悪い人もいて当然ですし、ぼくは自分のことをいい人だって思ってますけど、もしかしたらちがうかもしれませんし、いい人しかいないのって窮屈でやっていけないと思うんです。なんか、こう、まちがいを許されない、って感じですかね？　それもどうかと思うんですよ。だから、いろいろごった混ぜがいいです。そんな世界で、ぼくは相手が信用できるかどうかを慎重に見極め。そうやってちゃんと考えないと、どんどん判断力がなくなって危険な気がします」

「わー、真面目」

竜太がおもしろそうに楓月を見た。

「それ、花音にも言われました。あんたみたいに石橋を叩いて渡る性格だと、失敗が少なくていい反面、失敗したからこそ学べることがある、って気づかない気がして心配、と。たしかに、そういう面はあるでしょうけど、これは性格なのでいまさら変わらないです。失敗してもいいとは思ってるんですけどね。じゃあ、実際に失敗したことはあるのか、と聞かれると、あんまり思い出せないです」

危険な橋は渡らない。一人で子供を育てると決めた花音のような強さは、楓月にはない。でも、それは性格のちがいだし、別にいいと思う。

「真面目っていいことだと思うよ、俺は」

竜太がやさしく微笑んでいる。

「なんかさ、真面目なのはノリが悪い、みたいな風潮あんじゃん？　楽しく生きていこうぜ、重いこと考えるのやめようぜ、みたいな。でもさ、俺は真面目に生きて、真面目に考えて、真面目にがんばってるやつのが好きだな。そういうやつらといた方が、自分もきちんと生きて、きちんと考えて、きちんとがんばるようになる。一生懸命で何が悪い」

「本当にそうです！」

嬉しい。竜太が認めてくれた。

楓月はどちらかというと不器用で、その分、真面目。だから、つまんない、とか、ノリが悪い、とか言われることが多かった。

それのどこが悪いんだろう。

そう思って、本人に聞いても、だからノリが悪いって言われるんだよ、と意味のわからない答えしか返ってこなかった。

「どんな分野にしろ、成功するやつは基本的に真面目。その分野において才能がある、っていうのも大事だけど、努力しないと才能なんてのびないから。才能があるやつが朝から晩まで努力してみ？　だれもかなわない」

「かなわないですね、それは」

そうか、努力ってすごいんだ。

「あと、才能はあるのにもったいない、って言葉、特にスポーツ関係でよく聞く。努力できるのも才能なんだよ。どんなに才能があっても芽が出ないって、結局は努力してないんだと思う。まあ、死後に評価される芸術家とかもいるから、一概には言えないけどな。芸術関係はまた別としても、普通は努力すればしただけ結果がついてくる。努力は裏切らない、ってそういうことだと思うよ」

「ぼく、いまほど竜太さんと全力で握手したいと思ったことはありません」

「運転してるからできないけどな」

竜太がくすっと笑う。

「帰ったら握手するか」

「はい、握手しましょう！」

ぶんぶんぶん、と思い切り竜太の手を振り回したい。

「しよう、しよう。おとつい行った店とかさ、いまも努力してんの。味が変わらないって、惰性でやってるからじゃないいんだよな。味を変えない努力をしつづけてる。経営コンサルタントみたいなことやってるとさ、味がよくても潰れる店、俺のアドバイスできちんと成果が出る店、っていうのが如実に目に見える。潰れる店は努力してない。いくら腕がよくてもどうしようもない。料理コンテストじゃないんだから。店なんだから。客が来ないとやっていけない、って根本的なことがわかってない。それにどれだけ絶望してきたか。そういう人ほど、自分の腕を評価しない世間が悪い、みたいになるんだよな。あれはどうしてだろう」

「プライドが高いんですかね」

自分の失敗を認めたくない。自分のせいじゃない。だれかのせいにしたい。

そういう人が多いんだろうか。

「それはある。けど、料理人として店を出すのは、そこそこプライド持ってないとできない。みんな、自分の料理が世界で一番おいしい、と思ってるから店を出すわけで。料理だけがしたいんなら、だれかの下についたり、ホテルのレストランみたいに自分が資金を出さなくてもいい場所で総料理長になたり、とかでもいいわけじゃん？　好きな料理はできるし、お金の心配はないし、自分で責任を取らなくてもいい。あ、そういう人たちがプライドがないって話ではなくて」

「わかります、わかります」

どんな人だってプライドはある。楓月にだって、竜太にだって、もちろん、樹にも。

「わかってくれてよかった」

竜太が微笑んだ。

「なんかさ、言葉尻とらえて、どういうことだ！　失礼な！　みたいなこと言う人もいるから。いろいろめんどくさいな」

「めんどくさいですね。でも、ぼくはいい人だらけの世の中より、そっちの方がいいです」

「まだ言ってる」

竜太が小さく笑う。

「楓月もなかなかに頑固だな」

「そうなんです。頑固なんです」

のんびりしてそうに見えるけど、意外に頑固。

「でも、まちがってたと思ったら、すぐに自分の考えを変えます。そこは柔軟です」

「自分で言うの、すごいな。俺、そういうやつ好きだわ」

好き。

その言葉が心臓に直撃したかのように、ドクドクと鼓動が速くなった。

だめ。その言葉に耳を傾けたらいけない。どういうことか考えてもいけない。

だめ、だめ。だめ。

「そうですか？　かなりめんどくさい性格だと思ってます」

目を背けて、普通に会話をつづける。

それだけでいい。

「めんどくさいかもしれないけど、頑固なまんま、とか、流されるまんま、とかじゃなくて、きちんと自分の考えを持ってるのはいいところだと思う。この二ヶ月、いつも穏やかな感じだったから、かなり意外だな。姉弟でも性格ってこんなにちがうんだ、と実感してる。まあ、ちがう人間だから当たり前なんだけど」

「竜太さんって兄弟いらっしゃるんですか？」

そういえば、聞いたことがない。

「母親がちがう兄弟が何人かいるらしい」

「え？」

とんでもないことをさらっと言われたけど、それってあんまり触れちゃいけないよね。どうしよう、聞こえなかったふりしようか。

「両親がおんなじ兄弟はいない。だから、そういう意味では一人っ子。母親がちがう兄弟とも会ったことはないしな」

普通のことみたいに言ってるけど、普通じゃない。それとも、自分の感覚がおかしいんだろうか。

「すんごいしょんぼりしてる。うちにとったら当たり前なんだけど、やっぱり、そういう反応するよな。花音はすごかったぞ」

「え、なんて言ったんですか？」

花音は基本的に常識人だけど、たまにエキセントリックなことを言う。

「すごい、影武者がいっぱいいるのね、って。こいつと親友になろう、って決めた瞬間だった。みんなさ、やばい、聞いちゃいけないことだったんだ、みたいな感じになるから。あ、それでいいんだよ。だって、そっちが普通なんだからさ。けど、影武者ってすげーじゃん」

「そうですよね。似てるとはかぎらないのに」

竜太がぽかんと口を開けた。しばらくして、盛大に笑いだす。

「うわー！　やっぱり姉弟だわ！　花音も、あ、似てるとはかぎらないのか、じゃあ、影武者は無理かもね、だれか似てる人探せば？　って。俺、影武者がいるって言ってないのに。やばい、おもしろすぎる！」

バンバン太腿を叩いてる。そんなにおかしなこと言ったかな？

でも、こんなに笑ってくれてるなら、それでいいか。竜太が笑顔なら、それが嬉しい。

「よかった、渋滞してて。運転してたら危なかった」

「まったく動きませんね」

さっきからずっと外の景色が変わらない。

「んー…」

「あ、樹が起きるかな？」

後部座席に横になって、おとなしく寝てた樹が寝がえりを打った。落ちないように、と気をつけていたら、器用に座席の上で、ごろん、って引っくり返る。

寝がえりを打ったの！

嬉しそうに花音が言ってたのを思い出す。あの頃は寝がえりを打つのがすごいことだなんて知らなくて、それがどうしたの？　と返して、がっかりされた。だって、生まれたときから寝がえりを打つものだと思ってたんだからしょうがない。無知ってすごいよね。

これから先、樹にはいろんな初めてがある。それをなるべく見逃さないでいたい。

花音の分も、きちんと見ておきたい。

「まだ寝てる？」

「寝てます。めずらしいですね。いつもはお昼寝すらしないのに」

保育園ではお昼寝してるのに、週末はとにかく寝ないで活動してる。眠くならないのかな、と不安になって調べてみたら、全体的に睡眠時間が足りてれば大丈夫らしい。

夜はたっぷり寝ているので、まあ、いいか、と思うことにした。

子供はそれぞれちがう。育て方に正解も不正解もない。

そのぐらい気楽でいないと、そのうち行き詰る。特に、自分の子供じゃないからしっかり育てなきゃ、と思いすぎてしまうと、樹が窮屈に感じるようなことを押しつけてしまうかもしれない。

なるべくのんきに、なるべく穏やかに、心配しすぎずに。

そう自分に言い聞かせている。

それが正解かどうかはわからないけれど、いまのところ、樹は元気だし、いい子に育ってくれている。

だから、これでいい。

「あれだけ大興奮したら、眠りも浅かったんじゃないのかな」

「あ、浅かったと思います。何度か起きてました」

それもめずらしいこと。

「だろ？　脳が睡眠中にいろいろ処理する、その処理が追いついてないのかも。子供のころって、わくわくすることが起きたり、わくわくすることの前の日とか眠れなくなかったか？」

「そうですね。楽しみなことがある前の日は寝つきが悪かったです。でも、それはいまもあんまり変わらないかも」

寝なきゃ、とベッドに入っても寝つけない。結局、ほとんど眠れずに出かけたりする。

「そうか、楓月、まだ若いもんな。その年齢だと、俺もそうだったかも。子供のころとは楽しみがちがってたりするけど」

「そうですね。ちがう楽しみですね」

「彼女とデートとか？」

「いえ、それはそこまで楽しみでもなかったです。デートって気合い入れなきゃいけないじゃないですか。ちゃんとした格好をして、ちゃんとしたレストランを予約して、みたいな。もう、はるか遠い昔の記憶ですけどね。ぼくは、展覧会とか博覧会とかに行く前日に、わくわくして眠れないタイプです」

「あー、展覧会とか博覧会とか行きそう！　好きそう！」

竜太が、うんうん、とうなずいてる。

「竜太さん、行かなそうですよね」

「おい、見た目で判断すんな。行くぞ、俺も。俺は全世界のありとあらゆることに興味があるんだ。現地に行かなきゃお目にかかれなかったものが近くで展示されるんだから、行くに決まってる。ま、もう見た、とかなら行かないけどな」

「すごいですね！」

「何が？」

「全世界のありとあらゆることに興味があるって、人生が楽しそうです」

「楽しいぞ。楓月もありとあらゆるものに興味を持ってみればよくね？」

ありとあらゆるもの、か。

「無理です。ぼく、専門バカっていうか、とても狭い範囲のものをガーっと好きになって、それ ばかり追いかけて、その情熱はずっとはつづかないですけど興味は特に薄れなくて、狭く深く好きなものがちょっとずつ増えていく、みたいな感じです。いろんなものに興味を抱くのは性質的にありえないですね」

「狭く深く、か。それもそれでありだな」

ああ、こういうところかも。

竜太といて楽なのは、こうやって認めてくれるところ。

「竜太さんの人を否定しないところ、本当にすごいと思います」

意見がちがったとしても、竜太は、その考え方もわかる、と肯定してくれる。

「楓月もそうだろ。楓月から他人の悪口を聞いたことがない。それって、俺としてはすごい楽なんだ」

「そうなんですか？」

竜太も楽でいられると感じてくれてるのなら、すごく嬉しい。

「言わないだけで、いろいろ思ってますよ」

「思うのは勝手。だけど、それを口にするかどうかって本人の判断じゃん？

「楓月はきちんとその線引きができてるな、って思う。すっごいえらそうだな、俺」

竜太がくすりと笑った。

「いえいえ！　そうやって言ってもらえるとありがたいです。ぼくは…」

「おかな空いた！」

樹が、がばっと起き上がる。

よかった…。助かった…。

ぼくは、そんな竜太さんがすごく好きです。

うっかり、そうつづけてしまうところだった。

ありがとう、樹！　起きてくれて。

「おなか空いた？　喉は？」

「喉もかわいた！　あれ、ぼく、どこにいるの？」

「おうちに帰る車の中だよ。よく寝てたね」

よしよし、と髪を撫でると、少し汗をかいてる。車の中でも日が当たるからね。

「麦茶飲んで」

車の中にはいつもクーラーボックスが積んである。飲み物を適温にしておくためにも、クーラーボックスは大事。

麦茶を取り出したら、少しひんやりしている。いい感じだ。

「はい、どうぞ」

これまた常備しているプラスチックカップに注いで、樹に渡した。ごくっごくっ、と喉を鳴らして飲んでいる。

喉がかわいてたんだね。

「おいしい！」

「それはよかった。あ、竜太さんも何か飲みますか？」

「なんか炭酸がいい」

「じゃあ、スパークリングウォーターをどうぞ」

レモン味のを蓋を外してから渡すと、気が効くな、とほめられた。

そんなささいなことが嬉しい。

「樹、はら減ったか？」

「おなか空いたー」

「もうちょっとしたらサービスエリアだから、そこで休憩とごはんにするか」

「する！　するするする！」

「起きたばっかなのに元気だな」

竜太が楽しそうな表情を浮かべる。

「ぼく、元気だよ！」

「それはよかった。お昼、何を食べたいか考えとけ」

「うん！」

そのあとは三人でにぎやかにおしゃべりして、何度かサービスエリアに寄って、ごはんを食べたり、軽食を食べたり、お土産を買ったり。

途中で渋滞がなくなったかと思えば、また渋滞になって。家に着いたのは夜の六時前。

これだけ車に乗ってると、さすがに疲れた。竜太はもっと疲れてるだろう。

「竜太さん、お疲れでしょうから、今日は早く休んでください。ぼくが樹を見てるので、大丈夫です。運転ありがとうございました」

「楓月ってさ」

竜太がやさしい声でそうつぶやいた。

ぼくが、何？

「すごくいいやつだな。自分も疲れてるだろうに。座ってるだけの方が、案外疲れると思うぞ」

「渋滞の中を運転することに比べたら、疲れてないです。大丈夫です。竜太さんも、ぼくを気づかってくれてやさしいですね」

「すごい。俺ら、おたがいにほめあってる」

「ほめあってますね。照れます」

本当に照れてるし、ちょっと顔が赤くなってるかもしれない。

「かわいい」

ぽんぽんと頭を撫でられて、もっと赤くなりそう。

「じゃあ、お言葉に甘えて、先に風呂入って、そのあと考える。樹も一緒に入ろうか」

「入るー！」

「あ、でも…」

樹をお風呂に入れてもらったら、疲れをとる意味がない。

「樹と一緒の方が楽しいし、気が休まるんだよ。よし、樹、入ろう」

「うん！」

手をつないでお風呂へ向かう二人の後ろ姿を見ていたら、涙がこぼれそうになった。

これを見られるのはあと四ヶ月ぐらい。

そのあとは、竜太はいなくなってしまう。

にぎやかな声が消えて、楓月はぽつんとつぶやく。

「いやだ…」

昔から、あんまりわがままを言わない子だった。両親が亡くなって、ますます言わなくなった。花音もいなくなって、わがままを言う相手がいなくなった。

だから、だれにともなくつぶやいてみる。

「やだ。竜太さんをとりあげないで。ずっといてほしい。ここにいてほしい。このままずっと。だって、ぼく…」

竜太さんが好きだから。

それはさすがに口に出せなかった。

いつからか、竜太のことを好きになっていた。

樹のお世話係をしてくれている姿を見ていたからか、楓月が一番困っていたときにヒーローのように現れたからな、それとも、まったく別の理由なのか。

わからないけど、竜太に魅かれた。

それに気づかないふりをしていたけれど。

「だめだね…」

自分の気持ちを認めてしまった。

竜太が好きだと。

このまま、ずっといてほしい、と。

そんな叶わない願いを抱いてしまった。

どうすればいいんだろう。

「どうにもできない…か…」

竜太に気持ちを伝えるつもりはない。半年、お世話係をやって、竜太は竜太の世界に帰っていく。

半年だけでも、ここにいてくれた。一緒に暮らしてくれた。

それ以上を望めないし、望まない。

ひさしぶりの恋は、このまま埋もれてしまう。

それでいい。

樹を育てて、大学まで行かせる。

それ以外のことは考えない。

恋なんてしてる暇はない。

「そうだよね…？」

自分の胸に手を当ててみた。

だけどそこは、ただ鼓動を刻むだけで何も答えてくれない。

それでいい。

再び、そう言い聞かせる。

このままで、いい。

7

「本当にありがとうございました」

来週末には半年が終わる。今日は土曜日。つまり、あと一週間と一日。

樹が寝て、今日もいつものように二人で話していた。

この時間が本当に大事。

竜太が好きだと気づいて以来、毎日を慈しむようにして過ごしてきた。

ほんのちょっとのことでも覚えておきたくて、その日あったできごとをスマホにメモするようになった。

我ながら、不気味だ、と思う。

自分がそんなことされたら、怯えるにちがいない。

でも、そのメモはだれにも見られない。だから、大丈夫。

そんな言い訳を許している。

だって、もうすぐお世話係は終わってしまう。

竜太がいなくなる。

そのときに思い出が欲しい。

「まだ一週間もあるのに、そんなに心を込めて礼を言われると、出ていってほしいのかと思うな」

「まさか！」

楓月は慌てて否定した。

「そんなことないです！　できれば、ずっといてほしいぐらいです！」

本音をちらり、と。

「さすがにずっとはな」

断られるよね、わかってた。

「そうですよね。竜太さんもお仕事に復帰されなきゃいけないんですもんね」

「いやいや、仕事はしてる。時短なだけだ」

竜太が笑う。

「仕事はしばらくこのままでいいもいいんだけど。他人が家にいるのって、なんだかんだ言っても大変だろ」

「いえ、全然！」

仕事がしばらくこのままでいいのなら、もうちょっといてくれないかな。あと半年、ううん、三ヶ月でもいい。

でも、いてもらってどうするの？

楓月は自分に問いかける。

いまですら、どんどん好きになってるのに。期間が延びれば延びるほど、楓月の恋はつづく。

叶わないのに、好きでいつづけてしまう。

そんなの不毛だ。

「あの…」

「あのさ…」

口を開いたのは同時だった。

あ、どうぞ、いやいや、そっちが先に。

そんな譲り合いを何度かして、楓月は先に言うことに決めた。

もうずっと前から、この土曜にに言うと決めていた。

一度だけ、遠回しに気持ちを伝えよう。たぶん、竜太はわかってくれない。

それでいい。

ううん、それがいい。気づかなくていい。

そうやって自分に言い聞かせるのが、このところ、ずっとつづいている。

直接ではなく間接的にでも、この気持ちを吐きだしたかった。ものすごく自分勝手なことを
言っているのはわかってる。

来週、竜太はいなくなる。実家に戻ってしまう。

戻っても、最初のうちは頻繁に遊びにきてくれるだろう。竜太はそういう人だ。

二人で大丈夫かな。困ってないかな。

そんな心配をして、ゴッドファーザーとしての役割を果たそうとするにちがいない。

だけど、そのうち間隔があいていく。

当たり前だ。竜太には竜太の生活がある。いつまでも楓月たちにかまっていられない。

竜太だっていい年齢だ。近いうちに結婚する可能性は高い。伴侶ができて、子供が産まれて、
自分の家族の方が大切になっていく。

竜太の結婚については、この何ヶ月か、たくさん考えた。想像するたびに胸が苦しくなった。

きっと、招待はされる。樹も一緒に、と言ってくれる。

きちんと紹介したいから。

はにかみながらそう言われたとき、自分がどんな表情をするのか想像すらできない。

祝えるだろうか。おめでとう、と口にできるだろうか。

無理かもしれない。

そう考えたときに、告白しよう、と思った。

竜太は自分になんの興味もない。

そのことを実感しよう、と。

だけど、ストレートに、好きです、と告げる勇気はない。だからこその遠回し。

その遠回しを理解してもらえたら、なんらかの返事がもらえる。実はそれが一番怖い。

気づかなくていい。意図をわからない方がいい。

そう思う気持ちと。

気づいてほしい。意図を察してほしい。そして、すっぱりふってほしい。

そんな相反する気持ちがある。

ただ、言うことだけは決めていた。

だから、言う。

「竜太さんって樹のお父さんですか？」

ちがう！　それじゃない！

ふいに出てきた言葉に、楓月自身が一番驚いた。

ずっとずっと聞きたくて、でも、ずっとずっと聞けなくて。

今日まで来てしまった。

だから、ぽろっとこぼれたのだ。

でも、これは聞かなくていいこと。

「まちがえました！　いまのは聞かなかったことにしてください！」

「いや、別に聞いてもいいし。よく考えたら、いままで聞かれたことがなかったな。ちがう。父親じゃない」

た。

「……え？」

たぶん、父親じゃないとは思っていた。でも、半分ぐらいは、そうなのかも、と考えてもいた。

とても矛盾するけれど、それが正直な気持ちだった。

「そんなに驚かれるとは。花音とはセックスしたことがない。恋人から親友になった、とかじゃなくて、ずっと親友。でも、おたがいの恋愛の話はしなかった。だから、樹の父親がだれなのかは俺は知らない。一回聞いたけど、内緒、って微笑まれた。それが、ものすごくきれいで見とれるぐらいで、ああ、いい恋だったんだな、ってわかったから、もうそのあとは触れないことにした。花音の子供なことはたしかで、それ以外の情報はいらないな、と思ったんだ」

こういうところだと思う。

竜太のこういう部分を好きになった。

その人のすべてを認めるところ。花音が花音であることを、きっと尊重してくれていた。

楓月に対しても、樹に対しても、それは変わらない。だから、他人である竜太がいても息苦しくなくて、毎日が楽しいのだ。

全部を認めてくれるなんて、家族でもなかなかできない。

「気になってたなら聞けばいいのに」

竜太はにやりと笑った。

「もしかして、この半年、父親かも、って思いながら過ごしてたんだ？」

「いえ、それはどうでもいい、って決めたんで、最近はまったく考えてもなかったです。どうして口にしたのか、自分でもわかりません」

「心のどこかに引っかかってたんだな」

あ、そうだ。

これから告白のようなものをする。その前に、樹の父親かどうかだけたしかめたい。さすがに花音と愛し合った人に告白するのはだめな気がするから。

そんな思考が働いたんだろう。

樹の父親じゃなかった。

だったら、なんの遠慮もなしに告白めいたことができる。

「そうでしょうね。すみません、立ち入ったことを聞いてしまって。本当にどっちでもよかったんです。竜太さんと暮らす生活が楽しくて、それだけで十分でした」

「そっか、よかった」

竜太が微笑む。

「俺も楽しかったよ。でさ…」

「はい、なんでしょう」

「あ、楓月の質問はまだなんだっけ？」

「そうですね。まだです」

「じゃあ、先にどうぞ」

いま言わないと一生言えない。

楓月は深呼吸をした。

「あの、竜太さん、この半年、本当に本当にお世話になりました。お仕事も時短にしていただいて、お給料はちゃんともらえてるのか、とても気になってました。半年も時短にしていたら、さすがにお給料も下がりますよね」

いくら会社に許可を得てるといっても、給料に響かないわけがない。

「心配してくれてんの？」

竜太が微笑む。

「申し訳なく思ってます。それでですね、やっぱり、少しお金を払おうかと。ほんのちょっとで、いわゆる寸志って感じですが、この半年、竜太さんがしてくれたことに対して、きちんと対価を支払わなければならないと思うんです」

そう、これが遠回しな告白。遠回しすぎて、絶対に竜太には伝わらない。

言っている最中にそれを確信した。だから、とても気楽。

お金のことを言ったとき、キスをされた。そのときのこととか感触とかは、まったく覚えていない。

あの頃から好きだったのか、それとも、まだそこまでじゃなかったのか。

そういうこともわからない。

だけど、これだけは覚えている。

つぎに話題に出したら、本気でやらしいことする。

そう言われた。

そのときから、もう四ヶ月近くがたっている。竜太が覚えているわけがない。

あれから、いろんなことが起こった。毎日、とても楽しくて、いろんな話をして、ずっと笑っていた。

半年前は他人だったのに、一緒に暮らすことがまったく苦じゃないどころか、竜太の存在が頼もしくてありがたかった。

好きだと気づいたら、それに幸せな気持ちが加わった。

だけど、この恋は葬らなければならない。これから先、ゴッドファーザーとして竜太が樹と関わりつづけてくれるために、好きという思いは捨てなきゃいけない。

告白はした。でも、竜太は気づかなかった。

それでいい。

もし、竜太が楓月に好意を持っていたら。

そんなありえない仮定も考えてみた。

そうしたら、きっと、やらしいことをする、という宣言を覚えているだろう。だって、楓月は覚えてる。

やらしいことをしてくれるんだ。

そう思った。

ああ、たぶん、このときには恋に落ちてはいなくても、好意は抱いていたんだ。だって、忘れていないから。

きらいな人から、やらしいことをする、と言われたら、寒気がする。一生、近寄りたくない。そんな目で見られたくない。

そもそも、キスされたことを許してない。

キスされて、怒るわけでもなくすんなり受け入れた。

それがすべての答え。

竜太が好きという気持ちも、ひさしぶりの恋も、今日捨てる。

花音の親友で樹のゴッドファーザー。

その立場でいてもらわなければならないから。

樹がこれから先、二度と竜太に会えないなんてこと、あってはならない。あんなになついているのに。竜太のことが大好きなのに。

だから、楓月が我慢する。我慢してもしなくても、どうせ叶わない想いなんだから、犠牲になっているわけでもない。

ただ、気持ちを伝えたかった。

遠回しでも、相手に伝わらなくても、ただの自己満足でもいい。

この恋心に終止符を打つために、何かはしたかった。

竜太に気まずい思いをさせない方法で。

この流れなら、報酬の話を出すのはおかしくない。あともうちょっとで半年が過ぎて、お世話係が終わる。

少しでもいいからお金を受け取ってほしい。

それは楓月の偽らざる本音。

だって、ここまでしてくれたのだ。親友の弟と親友の息子のために、こんなに親身になってくれた。そうそうできることではないと思う。

竜太がいてくれたおかげで助かったことなんて、数えあげたらキリがない。

海外から帰ってきて、その成果をまとめなければならない、という大義名分はあったとしても仕事を時短にして、毎日、樹を迎えに行ってくれた。ごはんを作ってくれた。樹をお風呂に入れてくれた。

一人で育てようとがんばっていた頃に比べたら、ものすごく体も気持ちも楽になった。

来週が終わると、また一人に戻る。

でも、大丈夫。きっと、なんとかなる。

だって、半年前のような絶望感はない。なんといっても、有給休暇が丸々残っている。

これは大きい。

「楓月って天然?」

竜太に聞かれて、楓月は首をかしげた。

「天然ですかね。自分ではわからないです」

「それとも、わかって言ってる? どっち? まあ、どっちでも関係ないけど。俺、やるって言ったことはやるから」

竜太が近づいてきて、楓月のあごを持ち上げる。

「おまえが悪い」

ふいに唇をふさがれた。そのまま、ソファに押し倒される。

え? 待って、待って、待って!

「待ってください!」

楓月は竜太を押し返した。竜太が楓月をじっと見る。

「俺、言ったよな。つぎに金のこと言ったら、おまえのことめちゃくちゃに犯す、って。忘れてた? それとも、本気だと思ってなかった?」

さすがに、そこまでは言われてない!

そして、それよりも。

「覚えてたんですか！」

そのことに驚く。

「あ、楓月も覚えてたんだ。それで、誘ってきたのか。じゃあ、やろう。ここでいいか？　それとも、俺の部屋のベッドにする？」

「しません！」

「俺は有言実行なんだよ。いまさら逃げるとか許さない」

「愛のないセックスはしない主義です！」

正確には、楓月には愛があるけど、竜太にはない。

それなのにセックスしてもむなしくなるだけ。

「誘ったのはおまえだ」

「誘ったんじゃないです！　告白しただけ…あっ…」

口が滑った。もう最悪…。

「いまのは…」

聞かなかったことにしてほしい。あと一週間で同居生活が終わるのに、ぎくしゃくしたくはない。

いや、もう同居生活そのものが終わってしまうかもしれない。だって、自分は好きじゃないのに自分のことを好きな人と一緒にいるのはいやだろうから。

どうすればいいんだろう。

竜太は忘れてると思ってた。

「俺のことが好きだって言うかわりに、お金を払う、って言ったのか。おまえ、なかなかに歪んでるな。ストレートに告白すればいいだろ」

「できるわけが…ないじゃないですか…」

もうおしまい。全部おしまい。

ここまでばれてしまえば、ごまかすことなんてできない。

「なんで？」

「竜太さんには、これから先も樹と関わっていてほしいからです…。ぼくが告白してふられたら、それすらできなくなるじゃないですか…」

「いや、別に。それはそれ、これはこれ、として、俺はまったく気にせずに樹と会うけどな。あと、ふるって決めつけんな」

「え、ぼくとは気まずくなっても、樹とは会ってくれるんですか？」

だったら、よかった。自分のせいで樹に悲しい思いをさせずにすむ。

「気まずくなるとも決めつけんな。俺は返事してないぞ」

「あの…竜太さん」

だったら、きちんと告白しよう。

そして、ふられよう。

そうすれば、前に進める。竜太はこれからもゴッドファーザーとして樹を見守ってくれるだろう。

「まったく人の話を聞かないやつだな。まあ、いい。なんだ？」

「好きです」

「うん、俺も楓月が好きだよ」

竜太がにこっと笑った。

「こんな一生懸命なやつ、好きにならずにいられない。ずっとさ、かわいいと思ってた。どんなときも前向きで、樹のことを心からかわいがってて、にこにこしてて。樹のことを育てるのもさ、言葉は悪いけど、不可抗力と言えば不可抗力じゃん？　楓月の子供でもないし、社会人一年目に一人で子供の世話をするのって、基本的に無理なんだよ。仕事は覚えなきゃいけないことばかり、有給も少ない、なのに、それを使い切ってる、だけど、樹は熱出したりして早退せざるを得ないとかってさ、会社に居づらいどころの話じゃない。仕事か子育てか、どっちかを取るって選択肢しかないのに、楓月は両方をがんばろうともがいていた。俺さ、公園で偶然、楓月を見かけたときに、間に合った、と思ったよ。もうちょっと遅かったら、楓月は壊れてたかもしれない」

「あの…あの…」

どうしよう。いろんなことを一気に言われすぎて、心がついていっていない。

「どうした」

竜太が笑ってる。

「ぼくのこと、好きなんですか？」

まさかね。そんなことあるわけがない。

「そこが一番気になるのか」

「なります！　なりまくります！　だって、ぼく、竜太さんに好きになられるようなことしました…？」

「だから、その説明をしてたんだよ。楓月の一生懸命で不器用で頑固で真面目で、でも明るくていい子でいつも笑ってるところを好きになった、ってな。俺、一生懸命なやつに弱いんだ。楓月は本当にいつも必死でがんばってて、支えてやりたい、って心から思った。俺さ、明日ぐらいに、あと三ヶ月ぐらいならお世話係できるよ、って言おうと思ってた。そうやって、ちょっとずつ延ばしていこう、って。期限を決めたら楓月も頼みやすいだろう、って計算してさ。俺は大人だから、ずるいんだよ。楓月みたいに遠慮がちな告白したりしない。俺を必要とさせて、がんじがらめにして、そのうち心も体も奪ってやろうと思ってた。楓月が俺に好意を持ってるのは知ってたし。ただ、それが好意なのか恋なのかは、いまいち自信がなかったけど。今日わかってよかった。長引かずにすんだ」

竜太がにこっと微笑んだ。

「え、でも、あの…」

どうしよう。嬉しいのに、うまく感情がついていかない。

混乱してる。

本当にぼくのことを好きなの？

その思いがある。

「気がすむまで聞け。そうじゃなきゃ、楓月は前に進めないだろ」

ああ、わかってくれてる。

そのことに涙が出そうになる。

ちゃんと楓月のことを理解してくれている。

「会社は…どうするんですか？」

あと三ヶ月も時短していたらクビになるんじゃないだろうか。

「どうもしない。俺、社長だし」

「…は？」

社長って何？　会社の長で、社長ってこと？

まさかね。ちがうよね。

「うち、すっげー金持ちなんだ。実家暮らしって言ったけど、実家の敷地内に俺専用の家があんの。ほかにも一族が住んでたりする。そのぐらいの金持ち。で、大学卒業と同時に、うちの経営する会社のひとつを任されて、そこでいろんなことをしてる。あ、俺、経営手腕はちゃんとあるから、きっちり黒字経営してるぞ。親からは、税金のこととか考えて赤字にしろ、って言われてるんだけど、冗談じゃない。会社任せられて赤字で好きなことする、って、ただのバカじゃないか。俺はそんな人生送るつもりはないんだ」

「転職とか、海外留学とか…」

あれは何？

「転職っていうか、ちがう部署を立ちあげようと思って、その資格のために留学してただけ。いまはさ、パソコンさえあればどこからでも指示を送れるし、仕事ができるのはありがたいよな」

「じゃあ、日本中のお店を助けてるのも仕事ですか？」

「あれはただの趣味。ちょっとしたおこづかい程度の金額だし、お礼が入金されてても気づかないと思う。普段はもっとでかい金を動かしてるから」

なるほど。社長なら、時短でもなんでもし放題だよね。それで業績が悪化してないなら、別にだれもとがめない。いや、業績が悪化した方が親としてはありがたいのか。

だけど、そんなのつまらない、ちゃんと経営したい、と真面目に会社を運営している。

竜太も負けずぎらいで一生懸命。

そういうところは似た者同士なのかもしれない。

「だから、三ヶ月と言わず、いつまででもお世話係ができるぞ」

「三ヶ月だけ延長してください」

楓月はじっと竜太を見つめた。

「そして、三ヶ月後に、まだいてやってもいい、と思ったら、また三ヶ月延長してください。ずっと、とか、いつまでも、とか、そういうのはいやです」

だって、怖い。

人はいついなくなってしまうのかわからない。

それを知っているから。

だから、三ヶ月だけ一緒にいてくれればいい。

そして、そのつぎの三ヶ月も。そのつぎも、そのつぎも。

それがいつか永遠になれば、とても素敵なことだと思う。

「竜太さんが、もういやだ、と思ったら、三ヶ月たってなくても言ってください。ぼくは、それがいいです」

おたがいの気持ちを尊重して、三ヶ月単位で区切っていく。

それはとても安心できる。

でも、いやになった竜太を縛りたくはないから。その前でもきちんと告げてほしい。

「そういうとこだと思う」

竜太が楓月の髪を、くしゃっと撫でた。

そうされるのが好き。

すごく好き。

「楓月のそういうところを好きになった。ちゃんと自分の意見を持ってて、だけど、他人にも気を使える。一生懸命で頑固。かわいくてたまらない。というわけで、セックスしようぜ」

「はい」

楓月は微笑む。

「もう聞きたいことはないか？」

「いろいろあると思いますけど、いまは竜太さんとセックスがしたい…です」

こういうことを言うのはさすがに恥ずかしい。ためらっているわけではないのに、言葉がとっとつまってしまった。

「ホントに？」

「ホントです」

好きとか、かわいいとか、そういう言葉を聞けたから、もうそれで十分。

「楓月は俺のどこが好きなんだ？」

「全部好きですけど、なんかヒーローみたいなんです」

「ヒーロー？」

竜太がけげんな表情を浮かべた。

「ぼくが困ってると助けてくれる。迷ってると道を示してくれる。他人を否定せずに、だけど、まちがってると思うことはちゃんと言ってくれる。そういうところが好きです。ヒーローって、そうじゃないですか？　竜太さんは、ぼくにとってのヒーローなんです」

竜太がいれば大丈夫。

そう思える。

「そっか、嬉しいな」

竜太が本当に嬉しそうに笑ってくれた。

それだけでわかる。

竜太もちゃんと楓月を好きでいてくれることを。

「ぼくも嬉しいです」

あきらめようとした恋が、奇跡的に実った。

それを幸せと呼ばずに、なんと呼ぶのだろう。

嬉しい、幸せ。

いまはその気持ちしかない。

すごくすごく嬉しくて、すごくすごく幸せ。


「樹は寝てた？」

「ぐっすりと」

ベッドルームで樹の様子を見てから、竜太の部屋にやってきた。竜太はベッドに腰かけている。

「いいのか？」

「何がですか？」

「樹が起きて、楓月を呼んだらどうする？」

「行きますよ。そういうことはこれまで一回もないですけど、こういうときに空気を読まないのが子供ですもんね。普通の家庭はどうしてるんでしょう」

親だってセックスをする。子供に邪魔をされることもある。

そういうとき、どうするんだろう。

まあ、いいか。

そう思う。

実際に起きたときに考えればいい。いまは、ただ竜太と触れ合いたい。

久しぶりの性的欲求に楓月自身が少しとまどっている。

楓月は竜太の隣に座った。

「どうしましょうかね」

「こうする」

竜太に押し倒されて、ベッドに沈む。竜太の顔が近づいてきて、唇をふさがれた。楓月は唇を開いて、竜太の舌を受け入れる。

絡めて、離して、絡めて、また離して。

ちゅくちゅくと唾液の音をさせながら、キスが深くなっていく。

「んっ…」

舌先をくすぐられて、小さな声がこぼれた。竜太の舌が楓月の口腔内をくまなくまさぐる。

上顎をこすられて、びくん、と体が跳ねた。

え…こんなところが感じるの…？

はじめての感触に、楓月は驚く。こんなこと、されたことがない。したこともない。

今度、竜太の唇もおなじように探ってみよう。

いろいろ知りたい。

そして、いろいろ知ってほしい。

上顎を舌が往復するたびに体が熱くなる。じんわりとした快感が全身に広がる。

キスでこんなに気持ちよくなれるなんて。

また舌を絡められて、楓月は夢中で竜太の舌を追いかけた。

唇を離すと唾液が糸を引く。

激しいキスをしていた証拠。

それが、とっても幸せ。

「脱ぐぞ」

「はい…」

竜太が部屋着を脱いだ。楓月もさっさと裸になる。

恥ずかしいとは思わない。

したい。

それだけ。

「勃ってる」

ペニスを指をさされて微笑まれた。

「竜太さんも」

竜太のペニスも屹立している。

よかった。竜太もしたいと思ってくれている。

「俺を思って自分でしたりした？」

「してないです。お風呂でさっさと、というときが多いので、出すのだけを目的にしてました。あと、竜太さんをそういう目で見ちゃいけないんじゃないか、みたいな、妙に潔癖なところもあったりして。竜太さんは？」

「しょっちゅうしてた。一人部屋だからな」

「そうなんですか。嬉しいです」

好きな人が、自分を思い浮かべて自慰をしている。

そのことにじんわりと喜びが広がる。

竜太が微笑んで、またキスをしてきた。今度は重ねるだけのキス。竜太の手が降りて、楓月の胸を軽く揉む。

「んっ……」

キスの合い間に吐息がこぼれた。

「胸は感じるのか？」

「わからないです……。そもそも、竜太さん、男性とセックスしたことあります？」

「ないな。でも、女でも触ってきたりしないか？」

「ぼくはないです。竜太さんはあります？」

「ある。私が感じさせてあげるわ、みたいなの、結構いたな。あ、こういう話、あんまりしない方がいいか」

「どうしてですか?」

きょとんとすると、竜太がくすりと笑う。

「過去の話とか、いやなやつもいるから」

「ああ、なるほど」

そこにはあんまり嫉妬しない。

過去があるからいまがある。

普通にそう思ってる。楓月にだって過去の恋愛はあるし、竜太みたいな人に過去の恋愛がなかったら、それこそ心配になる。

これだけかっこよくて、お金持ちで、社長で、頭がよくて、それでも恋愛してこなかったのは何が原因なのだろう、と。

恋愛をしなかったことがだめとかじゃなくて、だれでも手に入るだろう竜太が恋をしなかった理由は知りたいと思う。

竜太にはそれなりの経験があって、何人かの女性と恋をして、いま、楓月を好きになってくれた。

その最後の部分が重要なのであって、過去のことはどうでもいい。もちろん、昔の恋人と比べられるとかはいやだ。

「いまのはいやじゃないですけど、いやなことがあったら言います」

「そうだな。楓月はちゃんと自分の意見を言えるやつだから、そこは信用してる。つづきをするぞ」

「はい」

乳首に触れられたら、びくん、と体が跳ねた。

「気持ちいいか？」

「くすぐったい…です…っ…」

「そうか」

竜太の指がくりくりと乳首をいじっている。乳首が、きゅう、と縮んで、つん、ととがった。その先端に触れられると、じんわりと熱のようなものが体中に浸透する。

これは快感なのかもしれない。

「んっ…あっ…」

小さく声を出すと、もっと気持ちよくなってきた。乳頭に触れられるたびに、びくん、びくん、と体が震える。

「気持ち…いいです…っ…」

「楓月、かわいい」

ちゅっとキスされて、幸せな気持ちになる。

ああ、この人が好き。

本当に好き。

「いやだったら言え」

「はい…」

竜太が乳輪をなぞった。くるり、と指を回されて、楓月の体がのけぞる。

「どんな感じだ？」

「くすぐったい…かな…？」

「あ、乳輪がふくらんだ。そっか、ふくらむやつか。つん、ときれいに突き出る乳首といい、ふくらむ乳輪といい、俺の好みだ」

嬉しい。竜太の好きな体でいたい。

「嬉しい…です…」

だから、正直に伝える。

「ホントにかわいいな」

竜太が楓月の乳首に吸いついた。

「あぁ…っ…！」

指とはちがう、やわらかい感触。ちろり、と舌先で乳首をつつかれる。

「んっ…はぁ…ん…」

自然と甘い声がこぼれた。

反対側の乳首は指で刺激される。乳輪をつままれて、乳首をそっとこすられた。

「ひっ…ん…」

体中に電気が走ったみたいになる。

乳輪ごと乳首を強く吸われて、根元に軽く歯を立てられた。

「んぁ…っ…」

びりびりしたものが強くなっていく。

「どっちがいい？」

乳首から唇を離して、竜太が聞いてきた。

「何が…ですか…？」

「強いのと弱いの。どっちが感じる？」

「わかりませ…っ…ん…」

どっちも感じる気がする。乳首が気持ちいい。

「痛くはないか？」

「痛くは…ないです…」

「そっか、じゃあよかった。もうちょっといじってみる」

ちゅぱちゅぱ吸われたり、舌で転がされたり、乳頭を舌で押されたり。

くりくりと指先でいじられたり、指で弾かれたり、じっくりと指で回されたり。

乳首がどんどんとがって、少し赤くなってる。痛いとかはないから充血してるのだろう。

「イケる感じじゃないか」

「そう…ですね…。気持ちいいですけど…そこまでは…っ…あぁん…っ…」

最後、と両方を強く刺激された。

うん、気持ちいい。

「乳首は今度じっくり開発してやる。楽しみにしとけ」

竜太がにやりと笑う。とんでもないことを言われているのに、その表情すらかっこいいと思ってしまう。

恋ってすごい。

「つながってもいいか?」

竜太はやさしい声でそう聞いてきた。

「はい…」

自分が抱かれる側なのか。

そのことに対するとまどいはなかった。

どっちでもいい、と素直に思えた。

竜太がしたい方をしてほしい。

「これを使うから」

竜太はベッドサイドテーブルから小さな容器を取り出す。

「それは…?」

「ローション。滑りをよくするやつ。俺は自分でするときもたまに使う。便利だぞ」

「へー、そういうのあるんですね」

存在は知っていたけど、実際に見たのは初めてだ。

竜太が、とろり、とした液体を手のひらにこぼして、指先に丹念に塗り広げた。

あの指が入ってくるのか。

ぼんやりとそう思いながら、竜太の指先を見つめている。

きれいな指。あの指で髪を撫でられるのが本当に好き。

「これで少しは痛みが軽減されると思う…けど、自信はない。すごくがんばって、もし痛くなったとしてもつづけるぞ。いいな」

途中でやめない。

そう宣言されたのは嬉しい。

竜太と最後までできる。

「はい。ぼくもしてほしいです」

二人とも同性とするセックスは初めてなんだから、最初から全部うまくいくなんて思ってない。セックスは、だんだん慣れていくものだ。

おたがいのことを知って、何度も体を重ねるうちにいいところもだめな部分もわかっていく。好きなこと、きらいなこと。気持ちいいところ、そうでもないところ。そういうのを話せないなら、セックスで快感なんて得られない。

竜太が楓月の足を広げて、その中に体を割り入れた。奥まった部分にそっと指で触れられる。

「あっ…」

ぬるりとした感触はローションだろう。

「どうだ?」

「まだ…何にも…」

「そうだな。俺もちょっと緊張してる」

「竜太さんが…?」

「好きなやつとの初めてのセックスで緊張しないやつなんていないだろ」

「…そうですね」

嬉しい、嬉しい、嬉しい。

好きなやつ、って言ってくれた。

「幸せそうな顔して」

竜太がにこっと笑った。

「幸せですから」

「それはよかった」

ちゅっとキスされて、竜太の指がまた動き始める。ぬるぬる、と入り口を擦られて、楓月の体がちょっとずつ熱くなってきた。

「なんか…いい感じ…かも…です…」

「うん、やわらかくなってきた。開くからな」

ぐいっと蕾を左右に開かれて、指が中に入ってくる。

「あっ…んっ…はぁ…ん…」

「すっごい狭いな」

「がんばって…くださっ…んぁ…っ…」

内壁を擦られると、体が上に逃げそうになった。そこをぐっとこらえて、竜太の指を受け入れようと力を抜く。

ぬちゅぬちゅぬちゅ。

濡れた音が響き渡った。

「ふっ…ん…あっ…あぁっ…」

気持ちよくてあえいでいるのか、力を抜くために声を出しているのか。

そのどちらかわからないまま、声をあげつづける。黙っているよりもその方が気分が高まっていく。

竜太の指がゆっくり奥に進んだ。

「ひゃ…ぁ…っ…ん…」

「変な感じ？」

「はい…っ…」

入れるべきところじゃないところに入ってる。

その違和感はある。

だけど、いやじゃない。それどころか幸せすら感じる。

「痛いか？」

指が全部入ってきて、竜太が不安そうに聞いてきた。

「だい…じょぶ…です…」

そこまで痛みはない。

「じゃあ、つづけるな」

やわらかい声、やさしい笑顔。

それだけで安心する。

指を抜き差しされて、そのたびに息をのむ。だけど、そのうち、慣れてきた。内壁が少しゆるんでくれたのかもしれない。

ぐるり、と指を回されて、内壁をこすられる。

「ふぇ…っ…」

はじめての感覚に、体が跳ねた。

「痛い？」

「もう…聞かなくていいです…っ…痛かったら…言います…っ…」

たぶん言わない。我慢する。

だって、してほしい。

「ちょっと…変な感じがするだけです…」

「そっか」

竜太がまた指を出し入れしはじめた。ローションを足して、中に塗り込めるようにされる。

ぬちゅ、ぬちゅ、という音を聞くと、なんとなく心強い。濡れてたら痛みが減りそうで。

内壁に指が当たるたびに、びくん、となる。

痛みなのか快感なのか、微妙なところ。

「んっ…あっ…あぁん…」

声はどんどん甘くなっていく。

たぶん、気持ちいいんだと思う。

くちゅん、と濡れた音が大きくなった。ローションをたっぷりつけてくれているので、竜太の指もスムーズに動きはじめる。

抜き差しして、内壁をこすって。

その繰り返し。

おたがいの肌に汗がうっすらと浮かんでくるほど時間をかけて、じっくりほぐされた。

「だいぶ、やわらかくなったな」

竜太が喜んでる。

「よかった…です…」

楓月も嬉しい。

これでつながれる。

この間もずっと、竜太のも楓月のも萎えていない。角度を保ったままのペニスを見つめながら、ほぐして、ほぐされて。

そういう過程のすべてが愛しい。

「入れるからな」

竜太が指を抜いて、ペニスの先端を入り口に当ててきた。

熱い。

そう思う。

そうか、他人のペニスってこんなに熱いんだ。

「いくぞ」

ぐいっ、と先端が入ってきた。そのほんのちょっとのだけで、痛みが全身を貫く。

指は平気だったのに。

ペニスの太さはこんなにもちがうんだ。

痛いのに、そういったことがわかって嬉しい。

さっきから、嬉しい、と、幸せ、しか感じていない。

「痛いんだな」

それでも、痛いことは表情でばれてしまった。

「はい…ちょっと…。でも、幸せです」

それはなんの嘘いつわりもない。

痛くても幸せ。

「痛かったら叫べ」

「叫んだら、さすがに樹が起きますよ」

「じゃあ、遠慮がちに叫べ」

その言い草に笑ってしまうと、ぐいっとペニスが奥に進められた。

「あぁっ…」

いまのはそんなに痛くなかった。

「笑うとゆるむみたいだから、笑ってるといいかも」

「笑いながらセックスするのって、ちょっとだめじゃないですか?」

あんまりセックスしてる気にならそうな。

「最初だから、痛くないのを目指そう。笑ってみ?」

「おかしくないのに笑えないです。遠慮がちに叫ぶ、っていうのがおもしろかったので、さっきは笑ったんですよ」

「じゃあ、俺がおもしろいことをいろいろ言おうか?」

「やめてください。ムードも色気もなくなります」

くすりと笑ったら、また奥に。

「あ、さっきとおなじでリラックスします。あと、痛くてもいいです。いま、竜太さんのが中に入っているのが嬉しくてしょうがないんで、気にせずに動いてください。明日、ちょっとぐらい動けなくても平気です。そのかわり、竜太さんに家事はすべてお任せしますので」

「了解」

竜太が微笑んで、楓月にキスをくれた。

「俺、楓月がホントに好きだよ」

「ぼくも竜太さんがとってもとっても好きです」

「両想いだな」

「両想いですね」

嬉しい。幸せ。

竜太が少しずつ奥に進めて、ペニスがすべて埋まった。

あれが自分の中に入っている。

そのことに感動しすぎて泣きそうになる。

少しじんじんするとか、そういうのはもうどうでもいい。

「動くぞ…？」

竜太は汗だくだ。楓月も大変だけど、楓月の体に気づかっている竜太も大変にちがいない。

「はい…」

竜太はゆっくりゆっくり動き始めた。

ぐちゅ、ぐちゅ、と濡れた音がするのは、ローションがまだ残っているからだろう。

「んっ…んっ…」

動かれると、やっぱり痛い。

だけど、竜太のペニスが中にあって楓月とつながっているのだと思うと、幸福感に満ちあふれる。

「痛いな。ごめんな」

「謝らないで…くださっ…嬉しいんですから…っ…あっ…あぁん…」

「そっか」

竜太がにこっと笑って、楓月の中をこすった。

「んぅ…っ…」

はじめての感触。はじめての行為。

それでも、ずっとこれを望んでいたのだとわかる。

ぐりっ、と竜太のペニスの先端が内壁に当たった。

「ひゃ…ん…っ…」

楓月の体が、びくん、と跳ねる。

「もしかして、いまの気持ちいい?」

「わかんな…っ…ですけど…もしかしたら…っ…」

おんなじところを何度かこすられて、そのたびに体が跳ねた。

「あぁ…っ…んっ…はぅ…っ…」

声も少し甘くなってる。

「ここだな。覚えとこう。ここだけでイケそうか?」

「それは…っ…たぶん…無理ですっ…」

気持ちいいのかどうかすら、自分ではわからない。

ただ、体が反応する。

「そうか。ここもあとから開発してみよう。気持ちいいとこがあったら、俺が嬉しい」

「ぼくも…です…っ…」

竜太とのセックスで気持ちよくなれるなら、それが一番幸せ。

「楓月がかわいくてたまんない」

「嬉しいです…。竜太さんはすごくすごくかっこいいです…」

そう言ったら、竜太がちゅっとキスをくれた。

「ありがとう。すごく嬉しい。つづき、していいか？」

「もちろんです」

竜太がペニスを慎重に出し入れし始める。

「あっ…あぁ…ん…」

くちゅん、くちゅん、と音がしていると、なぜか安心する。

内壁をこすられると、たまに気持ちよくて少し痛い。

その少しの痛みすら幸せ。

竜太に抱かれている証拠だから。

竜太は一度も動きを速くすることもなく、ゆっくりと楓月の中を掻き回しつづけた。

ぬちゅん、ぬちゅん、と音が変化して、楓月の中も結構ゆるんでいるんだろうな、とわかる。

長い長い時間をかけて、竜太は射精した。中に放たれた瞬間、あまりの幸福感に楓月もイッてしまった。

触られてもないのにペニスから透明なものがこぼれたときはびっくりして。そのあと、二人で少し笑う。

「気持ちよかったんだな」

「はい。気持ちよかったみたいです」

「そっか、安心した。これからたくさんして、ちょっとずつ気持ちよくなっていこ？」

そう言ってくれるのがすごく嬉しい。

「竜太さんは気持ちよかったですか？」

それも知りたい。

「もうさ、とにかく必死だった。楓月が痛そうな顔するたびに、やばい、って止めてたから。でも、気持ちよかった。あと、ものすごく幸せ。あとは、二人で工夫してこう？」

「はい！」

よかった。あとがある。この先がある。

「楓月」

「なんですか？」

「まずは、つぎの三ヶ月よろしくな」

「よろしくお願いします」

楓月は伸びあがって、自分からキスをした。

「三ヶ月、すごく楽しみです」

そのあとの三ヶ月も、もっともっと先の三ヶ月もあればいい。

永遠なんていらないけれど、三ヶ月がずっとほしい。

「さ、シャワー浴びて寝るか」

「そうですね。ぼくは自分の部屋に戻らないと」

ここで二人で眠りたいけど、そういうわけにもいかない。

「あのとき出会えてよかった」

竜太の言葉に涙が出そうになる。

「はい。ぼくも見つけてもらえて、出会えてよかったです」

何度も何度もキスをしてから、二人で起き上がった。裸のまま部屋を出て、シャワーに向かう。

これからもこういうことがつづくなら、一階でする方がいいかもしれない。そういうことも考えていこう。

「竜太さん」

「ん？」

「大好きです」

「俺もだ」

こういうことを言い合えるのが幸せ。

ああ、どうしよう。

とてもとても幸せ。

まばたきしたら、すーっと目尻から涙が一筋こぼれた。竜太がやさしくそれをぬぐってくれる。


この人がいま、ここにいてくれる。

それだけでいい。

それ以上なんていらない。

嬉しくて幸せ。

その気持ちだけでいい。


大切な人たちをたくさんなくした。

でも、いつだって一人じゃなかった。

花音、樹、そして竜太。

だれかがいてくれた。

大好きの気持ちはそれぞれちがうけれど。

それでも、みんなとってても大事でとってても大切。
これからは三人で生きていければいい。
新しい家族の形として。
大好きな二人と暮らしていきたい。
ありがとう、とだれに向かってかわからないけれどつぶやいた。
心がほわんと温かくなって、全部が満たされる。
それでいい。
これがいい。
ただ幸せ。

「ねえねえねえねえ！」

元気だね、相変わらず。

楓月は笑いながら、何？　と聞き返した。

「あのね、ぼくね、楽しい！」

樹がぱたぱたと足を揺らしてる。

「そっか。楽しいならよかった」

「うん、すっごく楽しい！　竜ちゃんさ、暇でよかったね！」

「はー？　暇じゃねえっての。俺はいろいろ忙しいんだよ」

社長だしね。最近、新しい事業を始めたとかで、たまに夜に出かけてる。打ち合わせとか接待とか、そういった関係らしい。

樹のお迎え、会社帰りにぼくが行ってもいいですよ。

何度かそう提案しているのに、樹に会えなかったら仕事の効率が落ちる、樹を迎えに行って、スーパー行ったり公園で遊んだりするのが息抜きなんだ、それを見越してのスケジュールを組んでるから大丈夫、と頑として譲らない。

どうしてもダメになったら、きっと楓月を頼ってくれる。

そう信じて、竜太には好きにしてもらおう。楓月より長く社会人経験があって、その間ずっと社長で、会社は結構な利益を出しているんだから、楓月に言われなくても最適な方法を取っているはず。

「忙しいの？　じゃあ、ぼくのお世話係はどうなるの？」

お世話係の期間を延長した三ヶ月が過ぎようとしていた。

もう三ヶ月いてくれるって。

樹にそう言ったときのはしゃぎっぷりはすごかった。

竜ちゃんがずっといる！　と部屋中を跳ねまわって、突然、糸が切れたみたいに、ぱたん、
とその場にうずくまって、そのまま寝た。

どれだけエネルギーを使ったんだか。

「さあ、どうなるんだろうな。楓月に聞いてくれ」

決定権は楓月にあるわけじゃない。おたがいの話し合い。

それは決めてる。

楓月が再延長してほしくて、竜太が再延長してよければ、お世話係の期間が延びる。

「楓月、どうなの？」

樹が澄んだ目で聞いてくる。

かわいいね。

そう言いたいけど、ぐっと我慢。

かわいくないよ！　かっこいいんだ！

最近は自我が目覚めたのか、かわいいと言われるのが好きじゃないらしい。

わかるよ。かわいいって言われつづけたぼくが、一番よくわかるよ。

楓月は、うんうん、と心の中でうなずく。

かっこいいって言われた方が嬉しいもんね。

「ぼくはお願いしたいけど、竜太さん、お仕事が忙しいからね。無理を言うのも申し訳ないよ」

おつきあいを始めて、まだ三ヶ月。いまだに敬語だし、遠慮がちなこともわかっている。

楓月は人との距離を縮めるのがそんなに得意ではなくて、かなり時間がかかるのだ。だけど、竜太はそういうことをまったく気にしない。

楓月は楓月のペースで進めばいい。俺も俺のペースで進む。それがずれてたとしても、好きな気持ちさえあればいいじゃん？

そう言われて、ものすごく気が楽になった。

楓月は楓月のペースで、竜太との距離を少しずつ縮めていきたい。一生敬語ってわけでもあるまいし、この距離感をいつかなつかしむ日が来る。

そのときまで、一緒にいられればいい。

「お願いしたいなら、ストレートにそう言ってみ」

「竜太さんさえよければ、また延長してください」

「いいよ。暇だし」

「暇じゃないって言ったのに！　嘘つき！」

樹が楽しそうに揚げ足をとっている。

「大人は謙遜するんだよ」

「ケンソン…？」

「実は忙しくても、忙しくない、って言って、楓月や樹が、じゃあ、よかった、って思うようにすること」

「それがケンソン？」

「ちょっとちがうけど、似たような感じ」

「じゃあ、ぼくもケンソンしようっと。えーっとねー、楽しくない！」

「それは謙遜じゃない！　相手をいやな気持ちにさせるのはダメだ」

「そっかー。むずかしいね。ぼく、そのうちケンソンするよ！　今日は無理。それよりさー、お弁当食べよ！」

ここ最近は完全な冬模様になって、毎日寒いな、と思っていた。それなのに、この週末は気温が二十度にあがるとの予報。

まさか、と思っていたのに、本当に温かい。というか、むしろ暑い。

こういうのも小春日和って言うのかな？

せっかくだからお出かけてしてお弁当でも食べよう、と大きな公園にやってきた。おなじ目的の人たちが多いらしく、冬にしてはものすごく混んでいる。ビニールシートを敷いて、樹がはしゃぎ回るのを見ていたり、一緒に遊んだり、竜太と樹が遊んでいるのを楽しく見守っていたり。

お昼になったから、みんなでビニールシートに座っている。

今日のお弁当はサンドイッチ。簡単でおいしくて食べやすいから、こういうときはだいたいサンドイッチだ。

「うん、食べよう、食べよう」

楓月はお弁当を包んでいた風呂敷をほどいた。風呂敷って本当に便利。大きいからいろんなものが包めるし、重いものを包めるほど丈夫だし、洗濯機で洗える。風呂敷の便利さをしってから、家にはたくさんの風呂敷がある。その日の気分によって使い分けられるのも楽しい。

サンドイッチとフルーツだけの簡単なお弁当。でも、サンドイッチは何種類か作った。ハムとレタス、卵サラダ、ツナとタマネギ、ピーナツバターとジャム。小さく切って、樹に食べやすいようにしている。

飲み物は温かい紅茶と冷たい麦茶。どっちもお茶系なのは樹が飲めるものにしたから。子供優先なのは当たり前。コーヒーとかが飲みたければ、大人チームは買いに行けばいい。

「わ、おいしそう！」

樹が、ぱちぱち、と小さく手を叩いた。

「サンドイッチ好きだもんね」

パンよりもごはん派な樹だけど、サンドイッチとかホットサンドにしたら食べる。休日はホットサンドメーカーが大活躍だ。何を入れたい？　と聞いて、樹のリクエスト通りのものを作る。大失敗もあるし、大成功もある。大失敗のは楓月や竜太が食べて、大成功のは樹に。

自分が選んだものだと樹もばくばく食べてくれるのでありがたい。

「好きー！　ハムがいい！　これ、キュウリじゃないよね？」

「レタスだよ」

樹はいまはキュウリが好きじゃないから、サンドイッチからも抜いてある。ずっと好きじゃないままなのか、またいつか食べられるようになるのか、それはわからない。

どっちでもいいと思う。

そのぐらい、気楽に子育てしたい。

手を拭いてあげて、サンドイッチを紙皿に載せる。樹が嬉しそうに、ぱくり、と食べた。

「おいしーい！」

「ホント？　よかった。飲み物は何にする？」

「麦茶！」

麦茶好きだよね。冬になっても麦茶を飲んでる。

麦茶を紙コップに入れて、樹の手元に置いた。樹が今度はツナサンドに手を伸ばす。

「それ、タマネギがちょっとからいかも。いやだったら、ぼくが食べるからね」

「はーい」

樹のはタマネギを抜こうと思ってたのに忘れてた。

「竜太さん、何を飲みます？　紅茶か麦茶の二択ですけど」

「暑いから麦茶がいいな」

「はい」

竜太にも麦茶を注ぐ。楓月は紅茶にしよう。あったかいものが飲みたい気分。紙コップって冷たいものもあったかいものも入れられるからいいよね。

「おいしいよ！」

樹がにこにことツナサンドを食べている。

「タマネギ大丈夫？」

「うん！　シャクシャクしてていいね」

「わ、おとなっぽい」

「ぼく、大人だもん」

樹がいばった。

まだ全然子供だけどね。それに、しばらくは子供のままでいてほしい。

「卵、卵〜」

歌いながら卵サンドに手を伸ばした。樹は卵サンドが特に大好き。

案の定、すごく嬉しそうに食べている。

「ねえ、これなあに？」

最後に残ったピーナツバターとジャムサンドを、樹は警戒するように見ている。色はたしかに怪しい。茶色と赤とか、知らなかったら楓月だって食べたくない。

「甘くておいしいよ。食べてみて」

「楓月、食べて」

「いいよ」

先に楓月が食べると、樹も安心して食べてくれる。楓月はサンドイッチを取って、ぱくりといった。

「うん、おいしい！」

紅茶にすごくあう。

「ホントにおいしいんだ。じゃあ、食べてみよう」

恐る恐る、樹がサンドイッチを口に運ぶ。片隅だけかじって、もぐもぐもぐ。

「甘い！　おいしい！」

うん、甘くておいしいね。

「竜太さんもどうぞ。遠慮せずに」

「遠慮はしてない。樹が食べ終わってから食べる。見てる方が楽しい」

「わかります」

楓月はにこっと笑った。

「楽しそうにおいしそうに食べてくれるから、作った甲斐があるんですよね。おいしくなーい、いらなーい、って言われちゃうとがっくりしますけど」

「子供は気まぐれだからな。俺さ、楓月がやってるお気に入りストック、あれ、すっごくいいと思うんだ」

「ああ、絶対に食べられるものを冷凍庫にストックしてあるやつですね」

食べないものを、食べなさい！　って言うと疲れてしまう。樹と二人きりになった当時は、よくそれをやっていた。

栄養のことを考えてごはんをいろいろ作って、これを絶対に食べさせなきゃ、って視野も狭くなって、せっかく作ったのにどうして食べないの！　って悲しみとかむなしさもあって。

ぽろぽろ泣いて、やなの！　って言ってる樹を見て、はっと気づいた。

いやなものなんて、楓月だって食べたくない。これまでだって、食べたいものを食べてきた。

今日はその気分じゃない。

そんなあいまいなことを伝えられるようになるのは、もっともっと大人になってから。

食べたくない、やだったらやだ。

樹がそう言うなら、いやなものを食べなくてもいい。

そう思ったら、気が楽になった。いままで自分の食べさせたいものばかりを押しつけてたことを反省もした。

もちろん、いまも栄養を考えて作ってるし、なるべくたくさんの食材を口にしてほしい。

それでも食べないときはストックの出番。

どれがいい？　どれ食べる？　って樹を呼んで冷凍庫を見せてあげると、これ！　って目をきらきらさせて指さす。それを解凍して食べさせると、さっきまで、いやだ！　一点張りだった食事の方にも手をつけてくれたりする。

大人だって食事は楽しい方がいい。子供もそうに決まってる。

「そう。俺もあれを作りだしてから、今日は樹の苦手そうなものいってみるか、ってできるようになった。ストックあるし、って」

「ああ、そういう使い方いいですね」

それは考えたことがなかった。

「竜太さんといると、いろいろ勉強になります」

「勉強になるだけか？」

耳元で低い声でささやかないでほしい。ここは公共の施設で何にもできないんだから。

「ごちそうさまでした！」

樹が手を合わせる。

「もういいの…いっぱい食べたね！」

全部二個ずつ食べてる。食パンにしたら結構な量だ。

よかった、よかった。

「おいしかったから！　ぼく、遊ぶ！」

「いいよ。行っといで」

樹がすごい勢いで駆けていった。

元気でいいね。

「じゃあ、食べるか」

「ええ、食べましょう」

樹のいるところはちゃんとチェックしつつ、サンドイッチを食べる。すっかり、そういうことにも慣れてしまった。

「樹は本当に何をしててもかわいいな」

「かわいいですね」

ゴッドファーザーと叔父、二人とも樹バカ。

それが楽しい。

「あったかいと眠くなる」

「なりますよね。でも、樹は絶対に眠ってくれないですし」

「眠ってくれたら、いろいろできるのにな」

にやっと笑う竜太に、楓月は赤くなる。

「そういうのは…夜でいいです…」

明るいうちだと恥ずかしい。

「樹もかわいいけど、楓月もかわいい」

竜太を見ると、やさしい表情で笑ってくれた。楓月もにこっと笑い返す。

「竜太さんはかっこいいです」

「知ってる」

こういう自信満々なところも大好き。

「楓月」

「はい」

「つぎの三ヶ月もよろしく」

「こちらこそ、よろしくお願いします」

三ヶ月だけの約束。

それを大事にしていきたい。

ビニールシートに置いていた手に竜太の手が重なった。楓月はそっとその手を握ってから、すぐに離す。
触れ合ったところが熱くて、心まで熱くなった。
幸せだなあ、と心から思う。
「幸せです」
だから、そう告げた。
自分の気持ちを知っててほしい。
「うん、俺も」
竜太もうなずいてくれる。
顔を見合わせて、微笑み合って。
それだけで満たされる。
大好き、と心の中でつぶやいた。
竜太さんが大好き。
きっと、これからもずっと。

あとがき

はじめまして、または、こんにちは。森本(もりもと)あきです。

子育てものがとっても好きなので、今回、書かせていただけて嬉しかったです！　みんなでわいわいがやがや、ほわほわした感じのお話になりました。楽しんでいただけると幸いです。

いろいろと大変なことも多いご時世ですが、私はいつも通り、甘くて優しいお話を書いていきたいな、と思ってます。それで、少しでも癒される方がいたらいいな。

なんて、真面目なことを語ったところで、恒例、感謝のお時間です。

おひさしぶりです、タカツキノボル先生！　タカツキ先生には足を向けて寝られないぐらいお世話になりっぱなしです。機会があれば、またよろしくお願いします。

担当さんにも本当にお世話になりました！　今後ともよろしくしていただけるとありがたいです。

それでは、またどこかでお会いしましょう！

カクテルキス文庫

好評発売中！！

◆伊郷ルウ
- 天狐は花嫁を愛でる　明神 翼 画　本体639円+税
- 赤ちゃん狼が縁結び　小路龍流 画　本体685円+税
- 異世界で癒やしの神さまと熱愛　えとう綺羅 画　本体685円+税
- 熱砂の王子と白無垢の花嫁　えとう綺羅 画　本体685円+税
- 花嫁は豪華客船で熱砂の国へ　水綺鏡夜 画　本体685円+税

◆上原ありあ
- 囚われた砂の天使　有馬かつみ 画　本体639円+税

◆えすみ梨奈
- 天才ヴァイオリニストに見初められちゃいましたっ！　立石 涼 画　本体685円+税

◆栗城 偲
- 嘘の欠片　一夜人見 画　本体755円+税

◆高岡ミズミ
- 恋のためらい愛の罪　蓮川 愛 画　本体632円+税
- 今宵、神様に嫁ぎます。～花嫁は強引に愛されて～　緒田涼歌 画　本体573円+税
- 恋のしずくと愛の蜜　蓮川 愛 画　本体639円+税
- 竜神様と僕とモモ～ほんわか子育て溺愛生活♥～　タカツキノボル 画　本体639円+税
- 情熱のかけら　えとう綺羅 画　本体685円+税
- 月と媚薬　立石 涼 画　本体685円+税
- 溺れるまなざし　やすだしのぐ 画　本体685円+税
- オメガの純情～砂漠の王子と奇跡の子～　小山田あみ 画　本体755円+税

◆橘かおる
- 神獣の寵愛～白銀と漆黒の狼～　明神 翼 画　本体573円+税
- 神獣の溺愛～狼たちのまどろみ～　明神 翼 画　本体630円+税
- 黒竜の花嫁～異世界で王太子サマに寵愛されてます～　稲荷家房之介 画　本体639円+税
- 神の花嫁　タカツキノボル 画　本体648円+税
- レッドカーペットの煌星　明神 翼 画　本体685円+税
- その唇に誓いの言葉を　実相寺紫子 画　本体685円+税
- 神主サマはスパダリでした　タカツキノボル 画　本体685円+税
- 黒竜の寵愛～異世界で王太子サマと新婚生活～　稲荷家房之介 画　本体685円+税
- 神様のお嫁様　タカツキノボル 画　本体685円+税
- 王宮騎士の溺愛　タカツキノボル 画　本体685円+税
- 妖精王と麗しの花嫁　香坂あきほ 画　本体685円+税
- いつわりの甘い囁き　すがはら竜 画　本体755円+税

◆中原一也
- 野良猫とカサブランカ　実相寺紫子 画　本体591円+税

◆火崎 勇
- ランドリーランドリー　有馬かつみ 画　本体685円+税
- 夕闇をふたり　実相寺紫子 画　本体685円+税

◆日向唯稀
- Dr.ストップ—白衣の拘束—　水貴はすの 画　本体600円+税
- Bitter・Sweet—白衣の禁令—　水貴はすの 画　本体618円+税
- 獄中—寵辱の褥—　タカツキノボル 画　本体685円+税

◆妃川 螢
- オーロラの国の花嫁　えとう綺羅 画　本体573円+税
- 誑惑の檻—黒皇の花嫁—　みずかねりょう 画　本体630円+税
- ラブ・メロディ—執着の旋律—　せら 画　本体648円+税
- ラブ・メロディ—情熱の旋律—　せら 画　本体685円+税
- 王と剣—マリアヴェールの刺客—　みずかねりょう 画　本体685円+税
- 恋の孵化音—Love Recipe—　かんべあきら 画　本体685円+税
- 金融王の寵愛　海老原由里 画　本体685円+税
- 禁断ロマンス　朝南かつみ 画　本体685円+税

◆藤森ちひろ
- 愛執の褥～籠の中の花嫁～　小路龍流 画　本体618円+税

◆森本あき
- 魔王の花嫁候補～下級魔法使いの溺愛レッスン～　えとう綺羅 画　本体685円+税
- 希少種オメガの憂鬱　立石 涼 画　本体685円+税

◆義月粧子
- 宿命の婚姻～花嫁は褥で愛される～　みずかねりょう 画　本体582円+税
- かりそめの婚約者　水綺鏡夜 画　本体630円+税
- オメガバースの不完全性定理　星名あんじ 画　本体685円+税
- オメガバースの双子素数予想　星名あんじ 画　本体685円+税
- オメガバースのP対NP予想　星名あんじ 画　本体685円+税
- 諸侯さまの子育て事情　小禄 画　本体685円+税

【電子書籍配信】

◆妃川 螢
- 不敵な恋の罪　タカツキノボル 画　本体857円+税
- ワガママは恋の罪　タカツキノボル 画　本体857円+税

カクテルキス文庫をお買い上げいただきありがとうございます。
先生方へのファンレター、ご感想は
カクテルキス文庫編集部へお送りください。

〒102-0073　東京都千代田区九段北1-5-9-3F
株式会社Jパブリッシング　カクテルキス文庫編集部
「森本あき先生」係 ／ 「タカツキノボル先生」係

◆カクテルキス文庫HP◆ http://www.j-publishing.co.jp/cocktailkiss/

同棲はじめました。～子育て運命共同体～

2020年7月30日　初版発行

著　者　森本あき
©Aki Morimoto

発行人　神永泰宏

発行所　株式会社Jパブリッシング
〒102-0073　東京都千代田区九段北1-5-9-3F
TEL　03-4332-5141
FAX　03-4332-5318

印刷所　中央精版印刷株式会社

ISBN978-4-86669-325-5　Printed in JAPAN